双葉文庫

口入屋用心棒

火付けの槍

鈴木英治

目次

火付けの槍　口入屋用心棒

第一章

一

胸がむかむかする。

――朝餉《あさげ》のせいか……。

なにかが腹の底から込み上げてきそうな気がし、仲林《なかばやし》左衛門《さえもん》尉《のじょう》満春《みつはる》は奥歯をぎゅっと噛み締めた。

味噌汁のなめこが古かったのか、少し酸っぱく感じられたのだ。だが、それを指摘すれば、腹を切る家臣が出るかもしれない。それゆえ、満春は黙っていた。

もともとは短気で、以前は怒りに任せて家臣を殴ったり、蹴りつけたり、ときには脇差《わきざし》で斬りつけたりもしたが、今はちがう。自らを抑える術《すべ》を我が物にした。

――この気持ち悪さは、なめこのせいではあるまい。なにかの虫の知らせではあるまいか……。

腹の底から込み上げてくるのではなく、胸奥《きようおう》になにか重苦しいものが居座っているような気がしてきた。

――この有様《ありさま》では、今日は登城《とじよう》せぬほうがよかったのではあるまいか……。

大勢の登城者でごった返す千代田城《ちよだじよう》本丸御殿の大玄関を目にして、満春は後悔を覚えた。

「殿、お顔の色が悪うございますぞ」

満春をじっと見て、小姓《こしよう》の近田庫兵衛《ちかだくらべえ》が気がかりそうにいった。

小姓といっても、四十四歳である。四十五歳の満春に仕えて、もう三十年以上になる。互いに気心は知れていた。

「どこかお具合が悪いのではありませぬか」

周りの者に聞こえないよう、庫兵衛が低い声できいてきた。

「確かによいとはいえぬ」

顔をゆがめて満春は認めた。

「でしたら、今日はこのまま戻られて静養されるほうがよろしいのでは……」

庫兵衛のいう通りにしようか、との思いが心をよぎる。

「いや、もうここまで来たのだ。出仕《しゅっし》する」

子供が手習所《てならいどころ》に行くのとは、わけがちがうのだ。奏者番《そうじゃばん》の要職に就いている者が、おいそれと休めるはずがない。

「さようでございますか」

庫兵衛は不安そうな顔つきだ。

「では庫兵衛、行ってまいる」

朗らかな口調を心がけていったが、満春を見る庫兵衛の表情はむしろ痛ましげだ。余の笑顔も引きつっているのであろうな、と満春は思った。

「大丈夫だ、案ずるな」

できるだけ力強い声で庫兵衛に告げ、満春は歩き出した。大玄関に足を踏み入れる。

——おい左衛門尉、なにゆえ帰らぬ。

別の自分がささやきかけてきた。

——そなた、虫の知らせの意味がわかっておらぬのか。なにか大きな過ちを起こすかもしれぬのだぞ。

なにも起きぬ、と満春は断じた。

――起きるわけがないではないか。

自らに言い聞かせて満春は、ごった返す大玄関を抜け、殿中《でんちゅう》に上がった。刀番に刀を預け、満春は奏者番の詰所である芙蓉之間《ふようのま》に向かった。薄暗い廊下を他の大名とともに歩いていると、胸の重苦しさが増してきた。

――このざまでは、やはり上屋敷に帰るべきであったか……。今からでも遅くはない。

体の不調を老中に届け出さえすれば、早引けをするのはさほど難しいことではあるまい。なにしろ、奏者番は三十人近くいるのだ。一人が休んだところで、役目に障《さわ》りが出るとは思えない。

――しかし、これまで一度も勤めを休んでおらぬゆえ、どうすればよいのか、余には勝手がわからぬ……。

どのみち、老中の御用部屋に行かなければならない。ならば、と満春は思った。さっさと奏者番の詰所《つめしょ》である芙蓉之間に行ったほうがよい。

――御用部屋には老中葛西下野守《かさいしもつけのかみ》がおる。

葛西下野守永保《ながやす》といい、満春と同じ信濃国《しなののくに》に領地を持っている大名である。しかも領地は境を接している。

満春は歩き続けた。芯が定まっていないというのか、体がふらつくような感じがする。

——余は、いったいどうしてしまったのだろう……。

やはり帰るほうがよいだろうか、と満春はふたたび思った。いや、と心中でかぶりを振る。

満春はいよいよ心を決め、足を前に出し続けた。それにしても、とすぐに思った。

——やっと会わねばよいが……。

もしあの男が嫌みでも口にしたら、腰の脇差を引き抜いて斬り殺しかねない。

男は崎岡《さきおか》平太夫《へいだゆう》雅勝《まさかつ》といい、葛西下野守永保の腰巾着《こしぎんちゃく》である。

おや、と満春は足を止めた。ここは、と思った。松之廊下ではないか。

——なにゆえ余は、このような場所に来てしまったのか……。

虎之間《とらのま》のところで右に折れなければならないのに、まっすぐ進んでしまったようだ。

松之廊下を通っても芙蓉之間には行ける。足を踏み出す前に満春は、三十間近い長さを誇る畳敷きの廊下を眺めやった。左側の襖《ふすま》には、松並木に千鳥《ちどり》という絵が描かれている。

――ここでは、これまでに二度、刃傷《にんじよう》沙汰《ざた》があったのだな……。

元禄《げんろく》十四年（一七〇一）に播州《ばんしゆう》赤穂《あこう》城主の浅野長矩《あさのながのり》が高家《こうけ》の吉良義央《きらよしなか》に斬りつけ、享保《きようほう》十年（一七二五）には信州《しんしゆう》松本《まつもと》城主の水野忠恒《みずのただつね》が長府《ちようふ》の殿さまの毛利師就《もうりもろなり》に斬りかかった。

斬りかかられた二人は、いずれも命に別状はなかった。斬りかかった二人は、浅野が切腹、水野は他家に蟄居《ちつきよ》になった。浅野家は取り潰しになり、水野家は旗本としてかろうじて存続を許された。

――まさかとは思うが、余が刃傷沙汰の三人目にならぬよう、特に気をつけねば。

「むっ――」

うなり声を漏らし、満春は顔をゆがめた。廊下の向こうから、崎岡平太夫雅勝がやってくるのが見えたのだ。

――やはりあらわれおったか。

雅勝をねめつけて満春は腹に力を入れた。

――登城のたびに会うとは、あやつめ、わしを待ち受けているとしか思えぬ。

松之廊下を足早に歩いてきた雅勝が、満春の前で足を止めた。

「これは仲林さま、おはようございます。息災《そくさい》のご様子にて、なによりでござる」

ここまでは、いつも通りである。この先が問題なのだ。悪口雑言《あっこうぞうごん》が待っている。

だが今朝は、失礼いたします、とだけ口にして雅勝は通り過ぎていく。

――なんだ、悪口雑言はなしか……。葛西下野守の腰巾着め、どうしたことだ。

ほっと安堵の息をついたものの、満春は身構えていたおのれが急に愚かに感じられた。

「崎岡どの――」

素早く振り返って、満春は声をかけた。はっ、と答えて雅勝が満春に向き直った。

「なんでございましょう」

「なにか肥やし臭いのだが、臭いの元はそなたではあるまいな」

余はいったいなにをいっておるのだ、と満春は自らの言葉に戸惑うしかなかった。

「えっ、肥やしでござるか」

さすがに不快そうな顔になったが、雅勝が首を横に振った。

「いや、気のせいでござろう」

いい捨てて雅勝が歩き出そうとする。素早く動いた満春は雅勝の前に立ちはだかり、くんくんと鼻を鳴らした。

「やはり臭い。臭くてならぬ。この肥やしの臭いの元は、まちがいなく崎岡どのでござる」

満春は決めつけるようにいった。松之廊下を歩いていた数名の者が、一斉に雅勝を見やった。

「仲林さま、おふざけはおやめくだされ」

雅勝が怒りを露わにした。その顔を目の当たりにした瞬間、満春は腹の中のもやもやが今にも爆《は》ぜそうになった。

――抑えろ、抑えるのだ。

「崎岡どの、殿中でござる。そのような大声は慎みなされ」

雅勝を見て、満春は忠告した。眉根を寄せて雅勝がにらみつけてくる。

「大声を出しておるのは、仲林さまのほうではござらぬか」

「余は大声など出しておらぬ」

「先ほどそれがしに、肥やし臭いと、大声でいったではありませぬか」

「なんだと」

自分を抑えきれず満春は声を上げた。

「きさま、余が肥やし臭いというのか」

雅勝が、この男はいったいなにをいっているのだ、といいたげな顔になった。

──確かに余の言葉は、まるで道理が通っておらぬ……。

「それがしは、なにも申しておりませぬ。では、これで失礼いたします」

事を荒立てる気はないようで、雅勝が小さく頭を下げ、その場から去ろうとする。

「きさま、余に恥をかかせておいて、詫びもせぬのか」

足を止め、雅勝がまた満春のほうを見た。

「それがしは、別に詫びるようなことはいたしておりませぬ」

「とぼけるなっ」

一喝し、満春は脇差に手をかけた。

——余はいったいなにをしておるのだ。やめよ、やめるのだ。

おのれを制しようとしたが、満春はもはや後戻りできぬと感じていた。

腰を低くした雅勝が、満春の脇差に鋭い眼差しを注ぐ。

「仲林さま、まさか抜くおつもりではありませぬな」

凄みをたたえた声で雅勝が満春にきく。

「そのまさかに決まっておろう」

脇差をすらりと抜くや、満春は前に足を踏み出した。

「死ねいっ」

雅勝に向かって、満春は脇差を一気に振り下ろした。

——よせ、やめるのだ。なにゆえ余はこのような真似をしておる。木坂《きさか》三万石を取り潰しに追い込むつもりか。

だが満春の中で、抑えはまったく利かなかった。

いきなり斬りかかられた雅勝が、なにをされる、と叫んだ。同時に、満春の斬撃をあっさりとかわす。

——なんと。

雅勝の素早い動きに、満春は驚くと同時に血が上った。腕には覚えがあるのだ。それを、たかが旗本ごときにこけにされたような気がした。

もっとも、満春が最も得手《えて》としているのは槍である。脇差での稽古は、これまで一度たりともしていない。

「おのれっ、小癪《こしゃく》な」

怒号を発して満春は再び脇差を振り下ろした。だが、それも雅勝によけられた。

「ちょこまかと動きおって」

満春は雅勝をさらに追いかけた。脇差をぶんぶんと振り回したが、雅勝の身ごなしは無駄がなく、満春の斬撃はかすりもしない。

――くそう、ここに愛槍《あいそう》があれば、あやつを串刺しにしてやれるのに……。

歯嚙みしつつ満春は雅勝を追い続けた。

「仲林どの――」

叫ぶようにいって、いきなり満春の背後から抱きついてきた者がいた。満春を制止しようとしている。

「殿中でござるぞ。おやめなされ」

「邪魔するなっ」

渾身《こんしん》の力を込めて、満春はその者の腕を振り払った。次の瞬間、あっ、と声を漏らしたのは、その者が首から血を流し、うう、とうめきながら畳にくずおれたからだ。

刃を当てるつもりなど毛頭なかったのに、腕を振り払ったときに脇差が首をかすめてしまったようだ。

首から血を流した男は畳に倒れ込みながら、満春の顔を見た。信じられぬ、とその瞳が告げている。

男のさまを凝視して満春は、ああ、とうめいた。

──余は、いったいなんということをしてしまったのだ……。取り返しがつかぬ。

血を流しつつ松之廊下に横たわった男は、満春と同じ信州に所領を持つ土屋《つちや》甲《か》斐守義継《いのかみよしつぐ》である。ときおり話をするだけの間柄でしかなかったが、いつも笑みを絶やさぬ男で、満春はその温厚さを好ましく思っていた。

義継は首筋からおびただしい血を流しており、体のかたわらにはすでに影のように血だまりができている。どれほどの名医が手当をしても、もはや助からないのは明らかである。

——死のう。死ぬしかない。

満春はこの場で腹をかっさばこうとしたが、周りからあっという間に人が集まってきて、畳の上に押さえつけられた。身動きはまったくとれず、脇差もいつの間にか取り上げられていた。

「放せっ、腹を切らせてくれ」

必死に叫んだが、折り重なるようにして満春に覆いかぶさっている者たちには聞こえていない。満春の声は、ただくぐもり、意味をなさないものになっていた。

押し潰されてしまうのではないか。満春はそんな恐れを抱いた。

——いや、そのほうがよい。押し潰されて死んだほうが後腐れがない。

息が詰まり、苦しくなったが、満春はこのまま死んでしまおう、と覚悟を決めた。いつしか胸の中の気持ち悪さも消えていた。

——しかし、なにゆえこのような仕儀になったのか……。

正直、満春にはわけがわからない。雅勝にうらみなどなにもない。葛西下野の腰巾着であるのはまちがいないが、これまで悪口雑言など、いわれたことすらないのではないか。

――それなのに、余はなにゆえあのように悪《あ》しざまな物言いをしてしもうたのか……。

不意に、小姓の庫兵衛の顔が脳裏に浮かんできた。

――そなたのいう通りにすべきであった。あのとき帰っておけばよかった。

「庫兵衛……」

済まぬ、とさらに募《つの》ってくる息苦しさの中、満春はうめくようにつぶやいた。

二

はっ、と目を覚まし、樺山富士太郎《かばやまふじたろう》は耳を澄ませた。ごご、と枕の下から不気味な音が響いてくる。

――ああ、また地鳴りか……。

富士太郎は素早く寝床の上に起き上がり、なにが起きても、あわてずに対処できる体勢を取った。

間もなく地鳴りはおさまった。だがその直後、地底から、どーん、という音がし、腰高障子《こしだかしょうじ》や簞笥《たんす》ががたがた揺れはじめた。

――やっぱり地震が来たね。

地鳴りに地震はつきものである。

――簞笥が倒れたら、ことだね。

すぐさま立ち上がった富士太郎は腰を低くし、肩を当てて簞笥を支えた。富士太郎はいつもと同じように、今回の地震も大したものにはならなかった。

ほっと息をつき、簞笥から離れた。

――まずはよかった……。

富士太郎は静かに寝床に座り込んだ。さすがに冷え込んでおり、身震いが出る。すでに師走《しわす》も半ばを過ぎており、今が最も寒い時季である。

ここ最近、地震と地鳴りが頻発している。巷《ちまた》では、天変地異が起きるのではないかと恐れられている。十分にあり得るだろうね、と富士太郎も思っている。

――しかし、産み月の今になって、こんな風にならずともいいのに……。

天をうらみたくなる。富士太郎の妻の智代《ともよ》は、臨月を迎えているのだ。昨日、智代の様子を見に来た産婆《さんば》のお喜多《きた》は、あと数日で生まれますよ、といっていた。

「あなたさま——」

横の寝床から、智代が声をかけてきた。寝所《しんじょ》は暗いが、どこからかわずかながらも光が射し込んできているらしく、智代の顔はうっすらと見えた。もっとも、町方同心としての修練のたまもので、富士太郎は夜目《よめ》が利く。

「智ちゃん、起きたのかい」

答えて富士太郎は智代を見つめた。はい、といって智代が首を縦に動かす。

「地鳴りで目が覚めてしまいました」

寝間着の襟元をかき合わせて、智代が体を起こした。

「大丈夫かい、寒くはないかい」

智代を気遣って富士太郎はきいた。

「大丈夫です」

薄闇の中、智代がにこりとする。

「本当は私が起きたのではなく、おなかの子が急に動いたので、目が覚めたのです」

「ああ、そうだったんだね。おなかの子も、地鳴りにはびっくりしたんだろう」

「そのようです」

「智ちゃん、産気づいてはいないんだね」

「ええ、まだ……」

済まなげな顔で、智代がかぶりを振る。

「いや、別に急《せ》かしているわけじゃないんだよ」

富士太郎はあわてていった。

「おいらも赤子《あかご》の顔は一刻も早く見たいけど、急かしてどうにかなるってものでもないしさ。——ところで智ちゃん、いま何刻《なんどき》だろう」

話題を変えるように富士太郎はたずねた。眠りは十分に足りており、夜明けは近いように感じられた。

「そうですね」

小首をかしげ、智代が少し考える。

「七つ半に近いのではないかと思うのですが」

「うん、おいらもそのくらいだと思うよ」

枕元の綿入れを羽織り、智代が静かに立ち上がる。ふっくらとした体つきだが、その身ごなしに大儀さは感じられない。体調はよさそうだね、と富士太郎は安心した。

「智ちゃん、朝餉の支度をするのかい」

さようです、と智代が答え、かたわらの行灯《あんどん》に手早く火を入れる。寝所の中が、ぽっと明るくなった。

「無理はしていないかい。おなかの子のためにも、体を動かしたほうがいいって雄哲《ゆうてつ》先生からいわれているのは、おいらも知っているんだけどさ……」

「大丈夫ですよ」

富士太郎をじっと見て、行灯を手にした智代が微笑する。

「できるだけ動くようにしないと、お産が重くなるとお喜多さんから聞いていますし」

「ああ、そうなんだね。お産は軽いほうがよいものね」

はい、と智代がうなずいた。

「ところで智ちゃん、前にもきいたけど、お産のために実家に戻らなくてもいいのかい」

智代の実家は、日本橋堀江町《にほんばしほりえちょう》にある一色屋《いっしきや》という呉服問屋である。一色屋は五十人以上もの奉公人を抱えている大店《おおだな》で、智代の出産のために、富士太郎や母の田津《たづ》とは比べものにならないほどの手配《てくば》りができるはずである。

「私は、こちらで産もうと思っています。お喜多さんという腕のよい産婆さんもいらっしゃいますし、そのほうが安心できます」

「そうなんだね」

「お喜多さんなら、きっと私を安産に導いてくれると思います」

智ちゃんはお喜多に信頼を寄せているんだね、と富士太郎は思った。

――この八丁堀《はっちょうぼり》界隈は、お喜多に取り上げてもらった子供が多いんだよね……。みんな、安産だと聞いているもの。

「智ちゃんは、お喜多をそれだけ頼りにしているんだね。とてもよいことだと思うよ」

「富士太郎さんにそういっていただけて、うれしく思います」

富士太郎に礼を述べて智代が歩き出そうとしたが、あっ、と声を上げた。どうしたんだい、と聞こうとしたそのとき、また地鳴りが聞こえてきた。

さらに、どーん、と突き上げるような音が続き、部屋が大きく揺れた。なおも、どーん、どーん、という音が立て続けにした。ついに大地震が来たか、と富士太郎は緊張した。

さらに大きく揺れ、部屋がきしんだ。智代が体勢を崩した。あっ、と声を上げて、富士太郎が素早く立ち、智代を支えた。智代の手から行灯を取り上げる。

同時に、智代が富士太郎にしがみついてきた。自然に二人は抱き合う形になった。

まだ大きな揺れは続いている。智代が富士太郎の胸に頭を預ける。智代の体温が伝わり、揺れが続いている中でも、幸せだなあ、と富士太郎は胸が熱くなった。

少し揺れが小さくなってきた。この分なら、じきにおさまるのではないか。

――どうやら大地震にはならなかったようだね……。

富士太郎は、ほっと息をついた。

「ああ、ずっとこうしていたい……」

富士太郎の胸の中で、智代が嘆声《たんせい》を漏らす。

「本当だね」

富士太郎は心からそう思った。

二人で抱き合っているうちに、揺れはおさまった。だが、智代は富士太郎から離れようとしない。

「震えているのかい」

富士太郎の胸の中で、智代がこくりとする。

「赤子を産もうとしているせいなのか、地震が怖くてならないのです。もし、お産の最中に大きな地震が来たらと思うと……」

「智ちゃんの気持ちはよくわかるよ」

すかさず富士太郎は、智ちゃん、と呼びかけた。智代が顔を上げる。

「おいらがついているから、大丈夫だよ。なにも心配せずともいいさ。おいらが必ず智ちゃんを守ってみせるから」

智代を見つめ、富士太郎は力強い口調でいった。

「はい、私は富士太郎さんを信じています」

潤《うる》んだ目で、智代が富士太郎を見上げる。富士太郎は智代のおとがいに触れ、口づけをした。唇に柔らかな感触が伝わり、この上ない幸福感に包まれる。

しばらくのあいだ、富士太郎は智代の唇に自分の唇をつけたままにしていた。

あっ、といきなり声を発し、智代が唇を離した。なにかを思い出した顔になっている。

「――義母上《ははうえ》さまは大丈夫でしょうか」

居間の隣の部屋で寝ているはずの田津を気遣う表情をし、智代が富士太郎の腕からそっと外れた。

いわれてみれば、と富士太郎は思った。

――あれだけ揺れたのに、母上が智ちゃんの身を案じないなんてことはないよ。母上こそ、こっちにいらっしゃらなきゃおかしいんじゃないかな……。

「本当だね。おいらも心配だ。智ちゃん、一緒に行こう」

富士太郎も綿入れを羽織り、行灯を手に腰高障子を開けた。二人で暗い廊下に出る。

三十俵二人扶持《さんじっぴょうににんぶち》の俸禄《ほうろく》の同心が暮らしているだけに、さして広い屋敷ではない。すぐに田津の部屋の前に着いた。

「義母上さま」

廊下に膝をつき、腰高障子越しに智代が優しく声をかける。しかし、返事がない。

もう一度、智代が田津を呼んだ。これにも応《いら》えはなかった。

富士太郎は息をのみ、眉を曇らせた智代と顔を見合わせた。

「なにかあったのかな……」

「そうかもしれません」

「母上——」

声を発してから、富士太郎は腰高障子を少しだけ開けた。

掻巻《かいまき》にくるまった田津が、寝床に横になっていた。簞笥は倒れていない。

田津は、穏やかな寝息をついている。寝床の横の文机《ふづくえ》の上に、一冊の書物がのっていた。

——まだ眠っていらっしゃるのか……。

しかし、普段ならとうに起きている刻限だろう。なにより、さっき大きな揺れがあったばかりである。あれだけ揺れたのに、田津はなにゆえ目を覚まさないのか。

「母上——」

そっと呼びかけて、富士太郎は敷居を越えた。しかし、田津は目を開けない。

聞こえてくるのは寝息だけだ。

そういえば、と富士太郎は思い出した。

——あれは卒中《そっちゅう》だったか、ただひたすら眠っていて返事すらしないというのは
……。

「母上っ」

叫ぶようにいって、富士太郎は田津に近づいた。枕元にひざまずき、田津の肩に触れて揺り動かす。

だが、やはり田津は目を覚まさず、昏々《こんこん》と眠っている。

──本当に卒中なのか。

「母上っ」

もう一度、富士太郎は強く呼びかけた。はっ、とした顔で、田津が目を開ける。瞳が動いて富士太郎を捉《とら》える。

「あら、富士太郎」

目を丸くして田津が起き上がる。寒いわね、といって掻巻の襟元をかき合わせた。

「おはよう、富士太郎。ああ、智代さんも一緒なのね。おはよう、智代さん」

「おはようございます」

富士太郎と智代は同時に返した。安堵の思いが強すぎて、富士太郎はその場にへたり込みそうになった。

「あの、母上、何事もないのですね」

居住まいを正して富士太郎は問うた。

「えっ、富士太郎、いったいなにをいっているの」

不思議そうな顔で田津がきく。この部屋までやってきたいきさつを、富士太郎は語った。

「あら、そうだったの」

申し訳なさそうに、田津が富士太郎と智代を見る。

「大きな地震があったなんて、まったく知らなかった。心配かけたわね」

二人に向かって、田津が軽く頭を下げる。

「昨夜《ゆうべ》、ちょっと夜更かしをしてしまったのよ。寝たのは、七つを過ぎていたんじゃないかしら」

「七つですって」

富士太郎は大声を上げそうになった。

「ほとんど徹夜じゃありませんか。七つに寝たのなら、母上は半刻《はんとき》も横になっていないのではありませぬか」

「その通りよ」

平然とした顔で田津が答えた。そういうことならば、と富士太郎は納得した。

――いくら母上を呼んでも、返事がないのは当たり前だね。眠りはじめて半刻というと、最も眠りが深い頃だろうし……。

「母上、七つまでなにをされていたのです」

「書物を読んでいたのよ」

「書物ですか」

文机の上に置かれた書物に、富士太郎はちらりと目を投げた。

「母上、そんなに熱心になにを読んでいらしたのです」

文机の上の書物を取り、田津が富士太郎に渡す。手にした富士太郎は、書物の題名を見た。婦人寿草と記されていた。

「これはなんと読むのですか。ふじんじゅそう、ですか」

「ふじんことふきぐさ、と読むのです」

「子供を産む際の養生書《ようじょうしょ》ですね」

富士太郎の後ろから智代がいった。

「さようです」

智代に目を当て、田津がにこりとする。

「この書物を読んでいたら、夜も更けるのも忘れて熱中してしまったのです」

「それは、智ちゃんのためですね」

「もちろんよ」

胸を張って田津がいった。

「智ちゃんのために母上がそこまでされるなんて、それがし、うれしくて涙が出そうです」

富士太郎は心底感動した。

「大事な大事なお嫁さんの初産《ういざん》ですから、そのくらいするのは当たり前です。むしろ、この手の書物を読むのが遅すぎたのですよ」

富士太郎の背後で、鼻をすする音がした。富士太郎が見やると、智代が涙ぐんでいた。

「智ちゃん……」

「智代さん」

「すみません、泣いたりして……」

智代が謝り、目尻の涙を拭う。

「義母上さまにそこまでしていただいて、胸が一杯になって……」

「智代さんがそんなに喜んでくれるなんて、私も徹夜した甲斐があったというものよ」

にこやかにいって田津が富士太郎を見る。

「ありがとうございます。心から感謝いたします。私は幸せ者です」

「そこまでいうなんて、智代さんは大袈裟ですよ」

「いえ、決してそのようなことはありません」

「智代さんが無事に元気な赤子を産んでくれたら、これに過ぎるものはありませ
ん」

「ありがとうございます。がんばります」

智代さん、と優しく呼びかけて田津がほほえんだ。

「別に、がんばらずともよいのよ。案ずるより産むが易《やす》しという諺《ことわざ》は、私の経験からいっても真実だと思うの」

「ああ、そうなのですね」

「だから智代さんはなにも心配せず、どーんと構えていればよいのよ。富士太郎もついているし……」

「はい、よくわかりました」

にこりとした田津が富士太郎に目を転ずる。

「ところで富士太郎、いま何刻かしら」

「七つ半を過ぎた頃だと思います」

富士太郎は、はきはきと答えた。

「あら、もうそんな刻限なの。起きないといけないわね」

眠気などまったく感じさせない物腰で、田津が立ち上がる。

「さて、朝餉の支度に取りかかるとしましょうか」

「しかし義母上さまは、半刻もお眠りになっていないのではありませんか。それではお体がきつくはありませんか。朝餉の支度は私がやります」

いいえ、といって田津がかぶりを振った。

「体がきついのは智代さんのほうでしょう。私は大丈夫ですよ。智代さんさえよければ、いつものように一緒に支度をしましょう」

智代はすぐには、はい、といわなかった。

「大丈夫よ」

力強い口調で田津が智代に告げる。

「眠りが深かったせいか、とてもすっきりした気分なの。もし朝餉の支度の途中で耐えきれないほどの眠気に誘われたら、休ませてもらうわ。智代さん、それでどうかしら」

「義母上さまさえよければ、私は構いません」

「そう。では智代さん、まいりましょうか」

うなずき合った二人が、連れ立って台所に向かう。それを見送って富士太郎は厠《かわや》に行った。用足しをし、井戸で顔を洗う。

房楊枝《ふさようじ》で歯を磨いている最中、またしても地鳴りが響き、どーん、と突き上げるような衝撃が続いた。

今回は大した揺れにはならず、富士太郎は、よかった、と思った。

——地鳴りや地震が当たり前になり過ぎて、怖くなったっていう人もいるけど、おいらはちっとも慣れないねえ……。

その後、富士太郎は田津と智代の心のこもった朝餉を食べ、南《みなみ》町《まち》奉《ぶ》行《ぎょう》所《しょ》に出仕した。

いつもと同じく、一番乗りで同心詰所《どうしんつめしょ》に入った。詰所内は冷え切っており、まず大火鉢の炭を熾《おこ》した。それから、水を張った鉄瓶《てつびん》を大火鉢の上にのせる。

箒《ほうき》を使って掃除にかかった。毎日、掃除をしているのに、詰所内にはかなりの埃《ほこり》がたまっている。

——埃というのは、いったいどこからやってくるのかな……。

そんなことを考えながら掃除に精を出していると、体がほかほかと汗ばんできた。寒風に吹かれて歩いているときよりも、掃除をしているほうが、ずっとあたたまるようだ。

――冷たい風は、寒がりのおいらには、ことのほかこたえるからなあ……。

早くあたたかな春が来ないかねえ、と富士太郎は箒を使いつつ願った。

――いや、その前に、智ちゃんがかわいい赤子を無事に産んでくれるにちがいないよ。おいらは春風に吹かれたように、心がほっこりとするだろうね。

生まれてくる赤子はどちらに似るだろうか、と富士太郎は箒を持つ手を止めて考えた。

――おいらより智ちゃんに似たほうが、これからの人生、明るくなるだろうね。だから、智ちゃんに似てほしいよ。

しゅんしゅんと音がし、見ると、鉄瓶が湯気を噴き上げはじめていた。箒を納戸に戻し、富士太郎は急須に茶葉を入れた。鉄瓶の湯を急須に注ぎ入れる。

富士太郎が茶を淹《い》れるのに合わせたように、同僚たちが次々に出仕してきた。富士太郎は皆と挨拶をかわし、茶を差し出した。

「富士太郎、毎朝、済まぬな」

た。


「いつも誠にかたじけない」

「富士太郎の淹れる茶は、ひと味ちがうぞ」

同僚たちが笑顔で謝辞を口にする。それだけで、富士太郎は気分が満ち足りた。

――礼をいわれるだけでこんな風になるんだから、おいらも常に感謝をあらわさなきゃいけないね。

いつしか詰所内には定廻《じょうまわ》り同心全員が揃い、空いている文机は一つもなくなった。

富士太郎も文机の前に座した。引出しから日誌を取り出し、目の前に広げる。昨日、書き記した場所に目を落とし、今日なにをすべきか、考えを巡らせた。

――ふむ、これといってなにもないね。

このところ、富士太郎の縄張内は平穏なのだ。探索に忙殺《ぼうさつ》されるような事件は一件も起きていない。

――今日もそうだったらありがたいけど、だいたいそうはいかないものなんだよ。

こういうときに限って、平安の幕を破る事件が急に起きるものなのだ。

——そろそろ見廻りに出かけようかね。

富士太郎が飲み干した湯飲みを文机に置いたとき、定廻り同心詰所付きの小者《こもの》の守太郎《もりたろう》が戸を開けて、姿を見せた。富士太郎のほうへと、まっすぐ向かってくる。

なにかあったね、と富士太郎は守太郎の顔を見て直感した。守太郎の頰のあたりがこわばっているのだ。

「樺山さま」

富士太郎のそばに来た守太郎が目の前に端座《たんざ》し、呼びかけてきた。

「守太郎、おはよう」

明るい声を心がけて富士太郎はいった。おはようございます、と守太郎が返してきた。

「どうかしたかい」

すぐさま富士太郎は問うた。

「顔を潰された仏が見つかったそうです」

その言葉に、そばにいた同僚たちが一斉に目をむいた。

「顔を潰されただって。それは、おいらの縄張で見つかったんだね」

「さようです。本郷《ほんごう》一丁目の裏路地です。いま使いがまいりました。殺されたのは男のようです」

「わかった」

すっくと立ち上がった富士太郎は、まだ居残っている同僚たちに、行ってきます、と張りのある声で告げた。富士太郎、がんばってこい、必ず解決してこいよ、おまえならきっとできる、と同僚たちが富士太郎の背を押すようにいった。

「承知しました、がんばってきます」

力強く答えて、富士太郎は守太郎とともに詰所を出た。

寒気が居座ったままの薄暗い廊下を歩く。さすがに寒いな、と富士太郎は思ったが、声にも態度にも出さない。

――やせ我慢こそ、江戸っ子の真面目《しんめんもく》だからね。この程度の寒さなら、暑くて茹《ゆ》で殺されそうでえ、といわなきゃいけないよ。

後ろを歩く守太郎を、富士太郎は振り向いて見た。

「本郷一丁目からの使いはもう帰ったのかい」

「いえ、樺山さまが話をお聞きになりたいのではないかと思い、待たせてあります」

「そうかい。守太郎、気が利くね」

「いえ、別にほめられるようなことではありません」

面映《おもは》ゆそうに守太郎が首を横に振った。その使いは、と前を見て富士太郎は思った。

——顔を潰された者について、なにか知っているかな……。

富士太郎としては、死骸をこの目で見る前に、できる限りの事実を頭に入れておきたい。

大門内の廊下は、すぐ戸口に突き当たった。富士太郎は出入口から大門の下に出た。途端に、ひときわ冷たい風が吹きつけてきた。

——うぅ、寒いねえ。

身震いが出そうになるのを、富士太郎はなんとかこらえた。

出入口のそばに、一人の若者が立っていた。富士太郎の見覚えのある男である。名もすぐに思い出した。

「弥太助《やたすけ》、よく来てくれた」

にこやかに笑って、富士太郎は声をかけた。

「これは樺山の旦那——」

弥太助が富士太郎に丁寧に辞儀する。弥太助は、本郷一丁目の自身番《じしんばん》付きの小者である。歳は二十代半ばであろう。ぼんやりとした顔つきをしているが、身ごなしは思いのほか素早く、この手の使いにふさわしい男だ。

「では、手前はこれにて失礼いたします」

守太郎が富士太郎に頭を下げる。

「守太郎、荒俣《あらまた》さまにこの一件をお知らせしておいてくれないか」

「はっ、承知いたしました」

一礼して、守太郎が町奉行所に向かいはじめる。その姿を見送って、富士太郎は弥太助と相対《あいたい》した。

「弥太助、顔を潰された男が見つかったと聞いたけど……」

富士太郎が水を向けると、はい、と弥太助が深くうなずいた。

「手前はちらりとしか見ておりませんが、仏は本当に顔を潰されていました」

「仏は町人かい」

「どうやらお侍のようなのです」

「ほう、侍か……」

はい、と弥太助が小腰をかがめた。

「一見した限りでは、身なりはご浪人のように見えました。刀は一本差でした」

「刀は抜いていたかい」

「いえ、抜いておりませんでした」

そうか、と富士太郎はいった。

「とにかく、まずは仏が見つかった場所へ行こう。弥太助、案内してくれ」

「お安い御用です」

富士太郎を見て弥太助が請け合った。富士太郎たちは大門の下を出た。

門を出たすぐのところに、珠吉《たまきち》と伊助《いすけ》が立っていた。

「珠吉、伊助、おはよう。待たせたね」

「おはようございます。いえ、全然、待っておりませんよ」

笑顔で珠吉が答える。

「珠吉、体の具合はどうだい」

一番に気になっている点を、富士太郎はたずねた。なにしろ珠吉はさる事件で斬られ、生死の境をさまようほどの大怪我を負ったのである。

その怪我からはまだ完全には回復していないが、六十三歳という高齢を考えれば、よくこうして動けるまでになったものだと、富士太郎は心から感心している。やはり珠吉くらいの世代の者は、富士太郎たちとは体の鍛え方がちがうのだろう。

「ええ、だいぶよくなってきていますよ。あと少しで本復《ほんぷく》ですよ」

伊助は、まだ本調子とはいえない珠吉を補佐するため、富士太郎の中間《ちゅうげん》をつとめているのだ。

もともとは、岡《おか》っ引《ぴき》の金之丞《きんのじょう》の下《した》っ引《ぴき》だった男である。気が利くし、働きぶりも文句ないが、珠吉の後釜に据えるかどうか、富士太郎は、もう少し人物を見極める時がほしいと思っている。

「旦那、なにか起きたんですかい」

弥太助をちらりと見て、珠吉が富士太郎にきく。伊助も富士太郎に真剣な目を当ててくる。富士太郎はなにが起きたか、二人に手短に説明した。

「ほう、顔を潰された死骸ですかい」

眉根を寄せて珠吉がつぶやく。

「顔を潰したのは多分、身元をわからなくするためだと思うけど、そこまでせざるを得ないほどうらみが深いのかもしれないね。珠吉、伊助、とにかく行ってみよう」

へい、と珠吉と伊助が声を揃える。富士太郎たちは、弥太助の先導で歩き出した。

三

富士太郎たちは本郷一丁目に入った。南町奉行所をあとにして、半刻近くたっていた。

家々の屋根を乗り越えるようにして太陽が昇ってきたが、日射しはどこか弱々しい。吹き渡る風は相変わらず冷たく、ここまで歩いてきたにもかかわらず、富士太郎は体が温まった感じがしない。

――ああ、寒いねえ。早く暖かくなってほしいねえ。

祈るように思った途端、富士太郎は身震いが出た。珠吉たちに見られてしまっただろうか、と後ろが気になった。

――もし見られていたら、恥ずかしいね。

そんな風に考えたが、実際のところ、珠吉と伊助は富士太郎が身震いしたからといって、なんとも思っていないだろう。

——しかしおいらの体は、なにゆえいつもこんなに冷えているんだろう。冷えの類の悩みは女の人に多いと聞くけど、おいらはじきに父親になろうという男だよ。まだ一人前とはいえないかもしれないけど、どうしていつも冷えているのかねえ……。

冷えを治すよい手立てはないものかね、と歩きながら富士太郎は真剣に考えた。いつもできるだけあたたかな物をとるようにしているが、どうやらそれだけでは足りないようだ。

——根本から治さないと、いけないんだろうね。こんなに体が冷えていては、きっとなにかしら障りがあるに決まっているよ。

せっかく子が生まれるのだから、富士太郎はぜひとも長生きしたい。我が子の成長をこの目でじっくりと、できるだけ長く見つめていたいではないか。

——そういえば、子供はぴゅうぴゅう吹く北風なんてなんとも思っていないように見えるね。そのあたりに、なにか手がかりがあるかもしれないね。考えてみれば、おいらも子供の時分は、冷たい風なんて、物ともしなかったよ。霜柱を踏み潰しながら歩くのが好きだったし……。

それが、いつからこんな風になってしまったのか。

わからないねえ、と富士太郎は思った。

——冷えについて、雄哲先生にきいてみようかな。それがいいような気がした。あの名医なら、体の冷えに関しても詳しいのではあるまいか。

「こちらでございます」

ふと、前を行く弥太助が声を発した。角を曲がり、狭い路地に入り込んでいく。

富士太郎はすぐさまあとに続いた。十間ほど先に赤い鳥居が見えている。どうやらこの小道は、あの稲荷社《いなりしゃ》の参道のようである。

鳥居の前に、人だかりがしていた。

——あそこで仏が見つかったんだね。

富士太郎たちは、足早に人だかりに近づいていった。

「さあ、通しておくれ。八丁堀の旦那が見えたよ」

弥太助が声を張り上げると、人垣がさっと割れ、富士太郎の前に一筋の道ができた。ありがとうね、と富士太郎は弥太助に礼をいって前に進んだ。

鳥居のすぐ外で、医師の観撞《かんどう》が、検死の真っ最中だった。観撞は真剣な目で、物いわぬ骸《むくろ》に触れている。

富士太郎は死骸に目を向けた。わかってはいたものの、むっ、と顔をしかめた。

——本当に顔が潰されているね。

下手人は徹底してやったらしく、目も鼻も口も跡形がない。完全に潰されている。これでは、歳の頃もろくにわからない。

——ここまでやるとは、相当のうらみがあってのことかもしれないね。

富士太郎はそんな思いを抱いた。

「観擅先生、おはようございます」

あまり大きな声にならないように注意しつつ、富士太郎は観擅に挨拶した。手を止めた観擅が富士太郎を見上げ、ほほえんだ。

「樺山さま、おはようございます」

観擅は、日暮里《にっぽり》近くで医療所を開いている町医者である。腕はいいし、検死を頼むと面倒がらずにすぐに飛んで来てくれる腰の軽さもあって、富士太郎は観擅を重宝《ちょうほう》している。

本郷一丁目の自身番の町役人《ちょうやくにん》たちも、富士太郎の気持ちを知っていたのだろう。だから富士太郎に命じられるまでもなく、観撞のもとにいち早く使いを走らせたにちがいない。

――気が利くのは、やはりありがたいね。

「観撞先生、朝早くからご苦労さまです」

富士太郎は観撞をねぎらった。

「樺山さまこそ、お疲れでございましょう。御番所から急いで来られたのでしょうに」

観撞が富士太郎を優しい目で見る。きっと観撞先生は患者たちに慕われているのだろうね、と富士太郎は思った。

「観撞先生、この仏はどんな様子ですか」

ふむ、といって観撞が立ち上がった。

「すでに、だいぶかたくなっています。体のこわばり具合からして、この仏が殺されたのは、昨夜の四つから八つのあいだでしょうな。手前は、九つくらいに殺されたのではないかとにらんでいます」

「九つですか……」

深更《しんこう》である。そんな刻限に、この稲荷に来る者などまずいないであろう。

となると、と富士太郎は思案した。

——この仏が殺されたところを目にした者は、いないと考えたほうがよいだろうね。

富士太郎は、うつ伏せている死骸に目をやった。

「凶器はなんですか。なにがその仏の命を奪ったのですか」

富士太郎は、新たな問いを観撞にぶつけた。

「鋭利な刃物ですね。心の臓を一突きにされています」

「一突きですか」

「さようです。あばら骨を避けて、心の臓を突き刺しています。相当の手練《てだれ》の仕業といってよいのではないでしょうか」

下手人《げしゅにん》は手練なのか、と富士太郎は思った。できればそのような者と戦いたくはないが、いずれ捕物《とりもの》になった際には、必ずやり合わなければならない。

——赤子が生まれるからといって、命を惜しむわけにはいかないよ。

定廻り同心として富士太郎は、悪人に対して一歩も引くものかという強い決意を心に抱いている。しかし、とすぐに思った。

——できれば、生まれてくる子を父無し子《てておなしご》にはしたくないねえ……。

子ができると、捕物などで怯《ひる》む気持ちがどうしても出てきてしまうものだ。富士太郎は、これまでにそんな者を何人も見てきた。むろん、同心だけでなく、小者や中間も例外ではない。今となれば、富士太郎にもその気持ちはよくわかる。

――しかし、おいらは決してそんな真似はしないよ。そんなのは、樺山富士太郎ではないからね。

富士太郎は丹田《たんでん》に力を込めた。

――だいたい、命を捨ててかかってこそ、活路は開くものだよ。確か、そういう風に直之進《なおのしん》さんがいっていたよ。身を捨ててこそ浮かぶ瀬もあれ、というじゃないか。

心中で富士太郎は首をひねった。

――あれ、これは意味がちがったかな……。まあ、いいや。

「樺山さま、どうかされましたか」

富士太郎をじっと見て、観撞がきいてきた。

「ああ、いえ、なんでもありませぬ。ちと考えごとをしておりました」

ふう、と胸に息を入れて、富士太郎はしゃんとした。

「観撞先生、凶器は鋭利な刃物とおっしゃいましたが、刀の類でしょうか」

いえ、と観撞が首を横に振った。

「傷の様子からして、ちがうのではないかと存じます。凶器は刀のような片刃《かたは》ではなく、諸刃《もろは》ではないかと手前はみました」

「諸刃ですか。槍とかでしょうか」

「ああ、槍は十分に考えられます」

「この仏は、槍で殺《や》られたかもしれないのか」

ならば、と富士太郎は思った。

——下手人は、武家と考えてよいのかな。ああ、僧侶も考えに入れておかなきゃいけないかな。寺には、宝蔵院流《ほうぞういんりゅう》という槍の流派があるものね……。

ほかにも槍の流派があるのかもしれないが、富士太郎は知らなかった。

いま江戸の町人の剣術熱はすさまじいものがあり、どこの道場も盛況である。むろん、槍術《そうじゅつ》を習っている町人もいないわけではないだろうが、富士太郎は一人も知らない。槍術道場自体、一軒も知らない。

——ふむ、やはり下手人は町人ではないのだろうね。侍と考えてよいのではないか。

先入主《せんにゅうしゅ》を持って探索するわけにはいかないが、下手人をしぼる意味でも、武家かもしれぬという考えを頭に入れておくべきだ。

しかし、と思い、富士太郎は首をかしげた。

――下手人は槍を担いで、この路地まで来たのだろうか。それとも、槍ではなく、諸刃の剣を使ったのだろうか。

いや、とすぐに富士太郎は胸中でかぶりを振った。今時、諸刃の剣を帯びている者など、滅多にいない。富士太郎は二十三歳だが、これまで諸刃の剣を目にしたことは一度もない。

「樺山さま、ほかになにかございますか」

観撞にいわれ、富士太郎は思案した。

「この仏は、歳はいくつくらいでしょうか」

「体の感じからして、四十前後ではないかと思います」

「四十前後ですか。わかりました」

富士太郎はすぐさま次の問いを発した。

「この仏は、なにか持っていましたか」

「検死をする前にすべて調べてみましたが、なにも持っていませんでした」

持ち物はすべて下手人が持ち去ったのだろうね、と富士太郎は思った。身元を示す物があったかもしれないが、それも下手人が取っていったはずである。

「観撞先生、ほかにはおききすることはありませぬ。ありがとうございました」

富士太郎は深く頭を下げた。

「ああ、そうだ」

不意に、観撞がなにか思い出したような顔つきになった。

「この仏ですが、左の眉に刃物で斬られたような傷跡がありました。顔は潰されていましたが、そこだけはかろうじて残っていましたよ。仏の身元をつかむ手がかりになりましょうかな」

「必ずなります。観撞先生、教えていただき、助かりました」

はきはきとした口調で富士太郎はいった。

「では樺山さま、この仏の留書《とめがき》はできるだけ早くお持ちします」

ほっとしたような顔で観撞がいった。

「よろしくお願いいたします」

「では、手前はこれで失礼いたします」

観撞が身をかがめてきた。富士太郎はこうべを下げ返した。助手が差し出した手ぬぐいで手を拭きつつ、観撞が路地を出ていく。

そばでじっと控えていた弥太助に、富士太郎は眼差しを注いだ。

「この仏さん、自身番に運びましょうか」

富士太郎の目を受け止めて、弥太助が申し出る。

「あとで運んでくれるかい。身元がわかったら、家人《かじん》に引き取りに来させるから、それまで置いといてくれるとありがたいな」

「はい、承知いたしました」

「ところで弥太助はこの仏に見覚えがあるかい」

富士太郎にきかれて弥太助が眉根を寄せた。

「顔が潰されてしまっていますから、はっきりとは言えませんが、知っている人ではないと思います」

「着物に見覚えもないかい」

着ている羽織は上等そうだ。黒と緑の杢柄《もくがら》である。木目のように濃い色と淡い色が混じり合っているものを杢といった。

「申し訳ないのですが、ありません。まず手前の知らない人だと思います」

そうかい、と富士太郎はいった。手を伸ばし、死骸の羽織に触れてみた。柔らかいが、生地がしっかりしている。

――やはり相当よいものだね。結城紬《ゆうきつむぎ》かもしれないね。

母の田津が、最も大事にしている着物が結城紬なのだ。それと手触りがよく似ていた。

「ところで、この仏は誰が見つけたんだい」

新たな問いを富士太郎は弥太助にぶつけた。

「手前は存じ上げませんが、寅太郎《とらたろう》さんならご存じのはずですよ」

寅太郎というのは、本郷一丁目の町役人である。弥太助の声が耳に届いたらしく、人だかりをかき分けるようにして、寅太郎が富士太郎の前に出てきた。

総髪《そうはつ》の頭はすでに真っ白だが、それが日射しを浴びてつやつやと輝いている。目尻にしわを寄せて柔和《にゅうわ》に笑い、富士太郎に腰を丁重に折った。相変わらず礼儀正しい男である。

「さっそくだけど寅太郎、この仏は誰が見つけたんだい」

寅太郎を見つめて富士太郎はきいた。

「おひろというばあさんです」

間髪《かんはつ》を容《い》れずに寅太郎が答えた。

「今ここにいるかい」

「引き留めてありますから。呼びましょう」

「頼む」

首を伸ばした寅太郎が、おひろっ、と大声を発した。その声に応じ、人垣のあいだからひょろりとした女が現れた。歳は六十をいくつか超えているだろう。

「こちらがおひろです」

目の前にやってきたばあさんを、寅太郎が富士太郎に紹介した。

「実は、このおひろは手前の幼馴染みでして、同い年なんですよ」

「ほう、そうだったのかい」

富士太郎は、寅太郎とおひろを見比べた。寅太郎のほうが幾分か若く見える。むろん、その思いはおくびにも出さない。

「物心がついた頃には、二人でよく一緒に遊んだものですよ」

にこにこして寅太郎がいった。

「その頃から寅太郎さんはあたしに惚れていて、あたしに意地悪ばかりしていたんですよねえ……」

懐かしそうに目を細め、おひろが笑う。

「馬鹿いうねえ。誰が、おめえに惚れていたんだ」

「だって、あたしがお嫁に行ったとき、寅太郎さん、三日三晩飲んだくれて泣き明かしたそうじゃないの」

「なんだ、そりゃ。俺は初耳だぞ。そいつはまったく根の葉もない噂話だな」

「いや、まちがいないよ。だってあたし、あんたの弟さんから聞いたんだもの」

「なんだって。あの野郎、相変わらず口が軽い。あとでとっちめてやる」

寅太郎が息巻き、袖をまくった。

「話が弾んでいるところを済まないけど、おひろ、この仏を見つけたのはいつだい」

二人のあいだに割って入り、富士太郎はおひろに話しかけた。

「ああ、済みません。おしゃべりに夢中になってしまって……」

富士太郎を見て、申し訳なさそうにおひろがこうべを垂れる。顔を上げ、早口に語りはじめた。

「あたしは、毎朝まだ暗いうちにこのお稲荷さんにお参りにくるんですが、今朝はここにその仏さんが横になっていたんです。最初は酔っ払いが寝ているのかと思って、この寒いのにそんな真似していたら死んじまうよ、と起こしてやろうとしたんですが、もう冷たくて、しかもかたくなっていたんで、びっくりして腰が抜けちゃって……」

　青い顔になっておひろが口をわななかせる。

「じゃあ、最初は凍《こご》え死《じ》にしていると思ったんだね」

「さようです。すぐにあたしは自身番に行こうとしたんですが、体が動かなくてへたり込んじまって。気が落ち着いたんでよくよく仏さんを見たんですよ。そうしたら、仏さんのそばの土の色が変わっているのに気づいて、もしかしたら、なにかの怪我がもとで死んじまったのかもしれないと思いました」

「まさかその仏が刺し殺されたとは、思いもしなかったんだね」

「さようです」

　ごくりと唾を飲んで、おひろがうなずく。

「ようやく体が動きだして自身番に知らせに走ったときに、ちょうど明け六つの鐘が鳴ったんですけど、そのときもまさか殺されたとは思いもしませんでした。ここに寅太郎さんたちを連れてきた頃にはようやっと明るくなってきましてね、それで仏さんが殺されたのがわかったんですよ。顔がひどく潰されているのを知ったのも、そのときです。あたしは、また腰を抜かしてしまいましたよ」

　息を切らせて話し終えたおひろが、ほっとしたように口を閉じた。

「おひろは、この仏に見覚えはあるかい」

富士太郎は優しく問うた。

「いえ、ありません。この仏さんとは一度も会っていないと思います。でも……」

言葉を止め、おひろが死骸をじっと見る。

「この仏さんの着ている羽織は、とてもよいものだと思います」

「ああ、そうだね」

すかさず富士太郎は相槌を打った。

「この羽織は、結城紬でしょう。私は着物が好きで、たまに贅沢をするんですが、似たような柄の小袖《こそで》を持っています」

「やはりそうかい」

羽織をじっと見て富士太郎はうなずいた。

「やはりって、八丁堀の旦那も結城紬だっておわかりだったんですか」

目を見開いておひろがきく。うん、と富士太郎は首肯した。

「母の持っている着物によく似ていたんで、そうじゃないかなって思ったんだ」

「ああ、さようですか。お母上が……」

結城紬は都が奈良にあった頃、すでに献上されていたといわれるほど、歴史のある織物である。江戸でもたいそう人気があるが、物がいいだけにさすがに高価である。富士太郎も智代に買ってあげたいと思うが、定廻り同心の俸禄《ほうろく》ではなかなか手の出る代物《しろもの》ではない。

――もしかすると、この結城紬がこの仏の身元を明かす手がかりになるかもしれないね。

「おひろ、このあたりで結城紬を扱っている店はあるかい」

「ええ、ありますよ」

小さく笑《え》んでおひろが、二軒の店の名を口にした。その名を富士太郎は頭に叩き込んだ。

「ところで、寅太郎はこの仏に見覚えはあるかい」

富士太郎は寅太郎にたずねた。

「いえ、ありません。これまで会ったことなんてないと思いますよ」

そうかい、と富士太郎はいった。

「さっき弥太助にもいったけど、この仏の身元がわかるまで、自身番に置いといてもらえるかい」

「わかりました」

「できるだけ早く身元が知れるようにがんばるよ」

「よろしくお願いいたします」

寅太郎が丁寧に頭を下げてきた。もし身元が判明しなかったら、この死骸は無縁仏として無縁墓地に葬られる。いくら冬とはいえ、三日以上、自身番に置いておくのは無理だ。

——この結城紬が頼りだよ。いや、その前に刀を調べておいたほうがいいな。

しゃがみ込んで富士太郎は死骸の刀に手を伸ばし、腰から鞘《さや》ごと抜き取った。立ち上がり、刀を引き抜く。鞘を伊助に預け、目釘《めくぎ》を外した。銘《めい》を見たが、無銘だった。

——刀の出来としては悪くないね。名刀とまではいかないけど、相当腕のある刀工が打ったのはまちがいないよ。

鉄がよく練られ、互《ぐ》の目《め》の刃文《はもん》には迫力が感じられた。

——一介《いっかい》の浪人が持てるような物ではないように思えるけど、伝来の刀だったら、考えられないでもないね。

目釘を元に戻して、富士太郎は刀を鞘におさめた。それを死骸の横にそっと置く。

四

寅太郎やおひろ、弥太助に改めて礼を述べて、富士太郎は路地を出た。後ろを珠吉と伊助がついてくる。

「それで旦那、どちらの店から行きますかい」

路地を出たところで、それまで口を挟まなかった珠吉がきいてきた。おひろが富士太郎に伝えてきた呉服屋は、小石川春日町《こいしかわかすがちょう》にある三上屋《みかみや》と、湯島天神門前《ゆしまてんじん》の肥野屋《ひのや》である。

本郷一丁目から見て小石川春日町は西にあり、湯島天神門前は東に位置している。二軒の呉服屋は、正反対の場所にあった。

「さて、どっちが近いかな」

思案顔で富士太郎がいうと、伊助が少し前に出た。

「両方の町とも同じようなものですが、肥野屋さんのほうが、より近いのではないかと思います」

伊助は、江戸の地理にかなり詳しい。富士太郎とは比べものにならないほど江戸の地勢を熟知している珠吉でさえ、伊助の精通ぶりには舌を巻くほどである。

「あっしもそう思います」

にこりと笑んで珠吉がいった。

「ならば、まずは肥野屋に行くのがいいね。伊助、肥野屋の場所はわかるんだね」

「もちろんです」

胸を張って伊助が答えた。

「では、案内してくれるかい」

「承知いたしました」

張り切った声でいって、伊助が歩きはじめる。富士太郎と珠吉はそのあとをついていく。

やがて、道の右手に湯島天神が見えてきた。前に田津が富士太郎に、湯島天神は室町に幕府のあった頃の名将として知られる太田道灌《おおたどうかん》がこの地に勧請《かんじょう》したものだと教えてくれた。

——天神さまといえば、菅原道真公《すがわらみちざね》だね。もうじき生まれてくる我が子も、道真公のように学問ができるようになればいいなあ。

そんな思いを胸に抱きつつ、富士太郎は歩き続けた。

富士太郎たちは正面からでなく、裏手から湯島天神に近づいていく形になった。湯島天神門前は広く、いくつかの町に分かれているが、伊助によれば、肥野屋は湯島天神の背後に当たる町にあるという。

湯島天神の境内《けいだい》が大きく見えてくると同時に、呉服という看板が富士太郎の目に飛び込んできた。

あそこが肥野屋かい、と富士太郎は思った。

――絵地図もないのに、ちゃんと着いたよ。伊助はまったく大したものだね。

肥野屋の間口《まぐち》は、五間は優にあった。このあたりではかなりの大店といってよいのではないか。客がしきりに出入りしていて、暖簾《のれん》の休まる暇がない。

――まだ四つにもなっていないだろうに、ずいぶん繁盛しているね。

「では、あっしが訪《おとな》いを入れますが、よろしいですか」

真剣な顔で伊助が富士太郎にきいてきた。

「うん、頼むよ」

わかりました、と答えて伊助が足を踏み出し、肥野屋の暖簾を払う。そんな伊助の様子を、珠吉が頼もしそうに眺めている。

伊助が肥野屋の中に入っていった。富士太郎と珠吉も敷居を越え、広い土間に足を踏み入れた。

目の前に店座敷《たなざしき》があった。十組に近い客が座り込んで、奉公人と楽しげに話をかわしていた。

奉公人たちはさまざまな反物《たんもの》を畳の上に置き、それらを客に向かって広げては、熱心に説明している。

――確かに、いい物を扱っている店のようだね……。

富士太郎は反物など、さほど詳しくはないが、肥野屋の品がよいものであるのは一目で知れた。

――こういう店はさぞかし高いだろうけど、外れはないんだろうね。少なくとも、安物買いの銭失いには、ならないはずだよ。

そんな風に富士太郎が考えたとき、一人の奉公人が店座敷を滑るように近づいてきた。富士太郎たちの目の前まで来て、静かに端座《たんざ》する。男は四十過ぎか。番頭かもしれない。

「これはお役人、いらっしゃいませ」

男が丁寧に富士太郎たちに辞儀してきた。

「お役人、今日はなにかご入り用でございましょうか」

面《おもて》を上げて、番頭とおぼしき男がきく。

「おまえさんは、この店の番頭かい」

富士太郎はまず男にたずねた。

「まことに申し訳ございません」

両手をそろえて男が低頭した。

「申し遅れました。手前は、この肥野屋で番頭をつとめております豊之助《とよのすけ》と申します。どうか、お見知りおきを」

朗々とした声で、豊之助が挨拶してきた。

「おいらは南町奉行所の定廻り同心で、樺山というよ」

「樺山さまのお姿は何度もお見かけしております。お名ももちろん存じ上げております」

恐縮したように豊之助がいった。喉仏を上下させて富士太郎を見る。

「あの、樺山さま、今日はなにかご入り用ではないのでございますね」

確かめるように豊之助がいった。

「商売の邪魔をして申し訳ないけど、ちょっと話を聞きたいんだ」

「あの、どのようなお話でございましょう」

眉間《みけん》に小さなしわを寄せて、豊之助が問うてきた。そのとき新たに入ってきた女客があった。豊之助が、その客を気にする素振りを見せた。

実際、その女客は、そこに町奉行所の役人が立っているのにびっくりしている。呉服屋に入って、いきなり定廻り同心がいたら、驚くのも無理はない。

「樺山さま、まずはお上がりくださいますか」

「これは気がきかなかった。済まないね」

富士太郎は珠吉と伊助を促し、沓脱石《くつぬぎいし》から店座敷に上がった。店座敷を足早に突っ切ると、内暖簾があった。それを豊之助が持ち上げてみせる。

「こちらにお進みください」

済まないね、と富士太郎はいって内暖簾をくぐった。奥につながっているらしい廊下に出た。豊之助が、そちらでございます、といって素早く右側の腰高障子を開ける。

掃除の行き届いた八畳間である。客間のようだ。庭に面しているらしい障子には、燦々《さんさん》と日の光が当たっている。そのおかげで、客間から寒気は追い払われていた。

——ああ、やっぱりお日さまは、ありがたいねえ。おいらは心から感謝するよ。

富士太郎たちのために、豊之助が座布団を出してくれた。富士太郎は遠慮なくそれに座った。

富士太郎の背後に控えた珠吉と伊助は遠慮しようとしたが、使わせてもらうほうがいいよ、と富士太郎がいうと、ありがとうございます、と頭を下げて座布団に座した。珠吉は明らかに、ほっとしている。

「それで樺山さま、お話というのはどのようなことでございましょう」

富士太郎の向かいに端座した豊之助が目に力をみなぎらせ、少し身を寄せてきた。

「豊之助、ここでは結城紬を扱っているね」

静かな口調で富士太郎は質した。

「はい、扱っております。品揃えには自信がございます」

「そうかい。もし結城紬を買うようなときがあったら、必ずにこちらに寄らせてもらうよ」

「ありがとうございます。せいぜい勉強させてもらいます」

廊下から声がかかり、手代《てだい》らしい若い男がやってきた。盆に四つの湯飲みをのせている。

「ああ、お茶が来ました。どうぞ、お召し上がりください」

富士太郎たちの前に茶托《ちゃたく》が配られ、その上に湯飲みが置かれた。遠慮なく富士太郎は湯飲みの蓋を取り、一口だけすすった。人肌で、口の中が爽やかな苦みに満たされた。

「ああ、これはとてもおいしいね。珠吉と伊助もいただきな」

ありがとうございます、といって二人が茶を喫する。

咳払いをして、富士太郎は湯飲みを茶托に戻した。

「昨日の深夜、男の一人が殺されたんだ。一本差の浪人だよ。歳は四十前後、中肉中背だ。左の眉に刃物で斬られたような傷跡があった。殺された男は結城紬の羽織を着ていた。柄は黒と緑の杢柄だった」

えっ、といって豊之助が眉を曇らせた。

「左の眉に傷跡でございますか。それと結城紬の羽織……」

下を向き、豊之助が考え込む。はっ、としたように面を上げ、富士太郎を見る。豊之助の瞳が、少し血走っているように富士太郎には見えた。

「十日ばかり前ですが、そのようなお方に結城紬の羽織を届けております」

少し青い顔をして豊之助が告げる。いきなり当たりを引いた。富士太郎が身を乗りだして豊之助にきく。

「それはまことかい」

「は、はい、まことでございます」

気圧《けお》されたように豊之助が身を引く。

「どこの誰に結城紬の羽織を届けたんだい」

「池之端七軒町《いけのはたしちけんちょう》にあるお家でございます。お客さまのお名は、猪野口熊五郎《いのくちくまごろう》さまとおっしゃいます」

「猪野口熊五郎……」

それはまたいかにも偽名っぽい名だね、と富士太郎は思った。

「豊之助、おまえさんが羽織を届けに行ったのかい」

「手代と一緒にお届けしました」

「ならば、家の場所はわかるんだね」

「わかります」

「忙しいところ申し訳ないけど、案内してくれるかい」

「承知いたしました」

その返事と同時に、富士太郎は立ち上がった。珠吉と伊助、豊之助が少し遅れて立つ。

「ちょっと出かけてくるよ」

店座敷にいる他の奉公人に声をかけて、豊之助が、土間の端のほうにある沓脱石に向かう。そこに自分の雪駄《せった》が置かれているようだ。富士太郎たちも雪駄を履いた。

暖簾を外に払って通りに出た豊之助の案内で、富士太郎たちは池之端七軒町に向かった。

池之端七軒町か、不忍池《しのばずのいけ》の西だね、と富士太郎は思った。

――ここから十町ばかりになるね。

富士太郎たちは四半刻《しはんとき》の半分もかからずに池之端七軒町に入った。

「こちらでございます」

豊之助が足を止めたのは、豪勢な造りの一軒家だった。いかにも手が込んでいる風情《ふぜい》の家である。

百坪はあると思える敷地の周りを生垣《いけがき》が囲んでおり、家の東側に枝折戸《しおりど》がついていた。枝折戸から庭に入れるようになっていた。庭には瀟洒《しょうしゃ》な石畳が敷いてあり、その奥に戸口があった。

「声をかけてみますか」

枝折戸の前に立って、豊之助が富士太郎にきいた。

「豊之助、頼めるかい」

「お安い御用でございますよ」

枝折戸を静かに開け、豊之助が石畳を踏んで戸口に近づく。富士太郎たちはそのあとについていった。

「猪野口さま、いらっしゃいますか」

戸口の前で立ち止まった豊之助が、頑丈そうな板戸を叩く。しかし、中から応えはなかった。板戸には、がっちりと大きな錠が下りている。

もう一度、豊之助が戸を叩き、中に声をかける。今度も返事はなかった。沈黙だけが返ってきた。

「猪野口さまは、いらっしゃらないようでございますね」

富士太郎を振り返り、豊之助がいう。

「そのようだね」

——つまり、あの仏は、やはり猪野口熊五郎とみてまちがいないのかな……。

「豊之助、ここは借家かい」

金のかかっていそうな家を見上げて、富士太郎がきいた。妾宅《しょうたく》という感じが最もしっくりくる。

いえ、と豊之助が否定した。

「借家ではないようでございます。猪野口さまは、この家をお買い上げになったようでございますよ。前にそのようなことを、お話しされていらっしゃいました」

へえ、と富士太郎は驚いた。

「この家を買ったのかい。相当、高かっただろうね……」

「おっしゃる通りだと思います。敷地が百坪はありますから、手前のような者には決して手が届かない家でございます」

「この家の元の持ち主が誰か、豊之助は知っているかい」

「知っております」

まさかそこまで知っているとは思わず、富士太郎にとってはうれしい誤算である。

「誰だい」

「薬種問屋《やくしゅどんや》の橋田屋《はしだや》さんではないかと思うのですが……」

右手を掲げ、豊之助が北側を指し示した。武家屋敷を挟んで、一町ほど先に町家の連なりが眺められる。

「あそこは根津宮永町《ねづみやながちょう》だね」

「さようにございます」

「そういえば、あの町には橋田屋という薬種問屋が確かにあったね」

「はい。篤命丸《とくめいがん》という心の臓の薬で名が知られている店でございます」

「篤命丸か。おいらも耳にしたことがあるよ。よし、さっそく行って話を聞いてみよう」

富士太郎たちは、猪野口熊五郎の家を離れた。戸口の戸に下りた錠だけでなく、厚みのありそうな雨戸もしっかり閉《た》てられているのが富士太郎の目に入った。

富士太郎たちは道を北に取り、根津宮永町に向かった。ああ、と富士太郎はいって足を止め、豊之助を見つめた。

「おまえさんは、もう店に戻ってもらってけっこうだよ。忙しいときに、いろいろと済まなかったね」

富士太郎は、心から豊之助をねぎらった。いえ、と豊之助が首を横に振った。

「お役人のお役に立つのは、江戸の町人の心得でございますので」

商人らしく揉み手をして豊之助がいう。

「心得だなんて、それはまた飛び跳ねたくなるような言葉だね」

富士太郎は破顔《はがん》した。豊之助の内心がどうかはわからない。額面通りに受け取れないのは熟知しているが、そういう風にいってくれるのは、ともかくありがたかった。

豊之助に別れを告げ、富士太郎たちは根津宮永町に足を運んだ。

橋田屋はすぐに知れた。篤命丸と墨書《ぼくしょ》された大きな看板が、大きな二階家の横に張り出していたからだ。

右手に広がる不忍池から吹いてくる強い風に、橋田屋の店先にかけられた暖簾が揺れている。江戸を吹き渡る風は相変わらず冷たさを孕《はら》んでいるが、富士太郎はあまり寒さを感じていない。太陽がさらに高く昇ってきて、大気がだいぶ暖められたからだろう。

——やはり、お日さまはありがたいよ。もしお日さまがなくなってしまったら、この世はいったいどうなってしまうのだろう。こんなのは、取り越し苦労以外の何物でもないんだろうけどさ……。

薬種、と染め抜かれた暖簾を払って富士太郎たちは橋田屋の中に入った。間口に沿って横長の土間に立った途端、濃い薬湯《やくとう》の臭いに包まれた。

——これはまた、すごい臭いだね。むせ返りそうだけど、ここにいるだけで病が治るような気がしてくるよ。

目の先に、三十畳はあると思える店座敷が広がっている。店座敷の奥に、いくつもの引出しがついた大きな薬棚が鎮座しており、その前に五人ほどの奉公人が座っていた。奉公人たちは真剣な顔つきで、薬種の調合をしていた。客らしい者は、店内のどこにもいなかった。

帳場格子《ちょうばごうし》の中で帳簿を見ていたらしい初老の男が、気配を感じたかのように顔を上げた。

「いらっしゃいませ」

富士太郎が町方役人だと覚《さと》ったようで、その男があわてたように声を出す。ほかの奉公人も富士太郎たちに気づき、いらっしゃいませ、と声を揃える。

最も若そうな奉公人が急いで立ち上がったが、それを制して帳場格子の中にいた男が富士太郎たちの前に足早にやってきた。

「いらっしゃいませ」

畳を両手について、男が挨拶した。

「手前は、この店のあるじの篤右衛門《とくえもん》でございます。どうか、お見知り置きを……」

「おいらは樺山というよ。南町奉行所の定廻り同心だ」

「樺山さまのお名は、手前ども前からうかがっておりますよ。お役目にとても熱心なお方で、南町奉行所の星とまでいわれていると、聞いております」

「えっ、南町奉行所の星だって。いったい誰がそのようなことをいっているんだい」

「佐賀大左衛門《さがだいざえもん》さまでございます」

微笑とともに篤右衛門が答えた。

「えっ、佐賀さまだって。おまえさん、佐賀さまを知っているのかい」

意外な成り行きとしかいいようがなく、富士太郎は驚愕した。後ろに控えている珠吉も、目を大きく開いたようだ。

「もちろんでございます。手前どもが力を入れて売らせていただいている篤命丸は、佐賀さまのお力添えがあって、できあがった薬でございますので……」

「えっ、そうだったのかい」

正直、このことにも富士太郎は仰天するしかない。

「はい、まことでございます。佐賀さまがいらっしゃらなかったら、篤命丸はまず生まれなかったでしょう」

「それはまた驚いたね」

大左衛門が薬種に造詣が深いのは富士太郎も知っていた。

——しかし、佐賀さまというのは、いったいどれほどの才人なのだろう。やはり天才としかいいようがないね。数え切れないほどの才能に恵まれて、おいらなんか、うらやましいとしかいいようがないよ……。

「あの樺山さま、それで今日はどのようなご用件でございましょう。なにかご入り用でございますか」

「そうじゃないんだ」

篤右衛門を見つめて、富士太郎はかぶりを振った。

「別に、小遣いをせびりに来たわけでもないよ。おいらはその手の真似は大嫌いだからね」

「さようにございますか」

「おいらたちは、この店が猪野口熊五郎に売った家について、話をききたいんだ」

「えっ、あの家でなにかございましたか」

篤右衛門が瞠目《どうもく》してきいてきた。

「うん、あったんだ」

「あ、あの、どのようなことでございましょう。ああ、どうか、まずはお上がりくださいませ」

篤右衛門は町方役人を土間に立たせたまま話をするのもどうかと思ったようで、富士太郎たちは奥の客間に通された。間を置かずに茶が出てきた。

「あの、それで樺山さま、なにがあったのでございますか」

富士太郎は茶を少しだけすすった。この店の茶も橋田屋に劣らず美味だ。

「あの家は、篤右衛門が売ったのかい」

「はい、さようにございます」

富士太郎をじっと見て篤右衛門が認めた。

「あの家は、もともと手前の父の持ち物でございまして……」

その言葉を聞いて富士太郎はぴんときた。

「もしや父親の妾宅だったのかい」

「さようにございます。二年ばかり前に父もお妾《めかけ》も立て続けに亡くなりまして、住む者がいなくなったものですから、売りに出しました。そうしたら、猪野口さまがお買い上げくださいました」

「猪野口は現金で買ったのかい」

「さようにございます」

「あの家はいくらで売りに出したんだい」

「五百両でございます」

ためらわずに篤右衛門が即答した。

「それは目がくらみそうな額だね。それを猪野口は、ぽんと払ったのかい」

「いえ、正直、値切られました。手前は五百両が四百両まで下げました」

「それはまた気前よく負けたものだね」

「四百両以上なら、売ろうと思っていましたので……」

「猪野口は、口入屋《くちいれや》を介してあの家を買いに来たのかい」

「手前どもは懇意にしている口入屋に周旋《しゆうせん》させましたが、猪野口さまは口入屋を通さずにじかにこの家にいらっしゃいました。なんでも、口入屋に払う口銭《こうせん》が惜しいからとおっしゃって……」

「えっ、そうなのかい」

もっとも、口入屋を通さなかったからこそ、橋田屋も四百両まで値を下げられたのかもしれない。口入屋に払う口銭が必要なくなるからだ。

「ところで、猪野口熊五郎という人はどこの者だい」

「それが申し訳ないのでございますが、わからないのでございます」

身を縮めて、篤右衛門が口ごもるように答えた。

「そいつは妙だねえ。おまえさん、家を売る際に身元を確かめなかったのかい」

「申し訳ございません」

恐縮したように篤右衛門が謝る。

「では、猪野口の人別《にんべつ》がどこにあるのか、わからないのかい」

「おっしゃる通りでございます」

額に浮いた汗を篤右衛門が手拭きでぬぐう。

「だったら、猪野口熊五郎は無宿人《むしゆくにん》だったというのかい」

「そうなります」

消え入りそうな声で篤右衛門がいった。

「ただし、猪野口さまは、もともとはれっきとした侍でまちがいないと思います。ですので、手前も人別送《にんべつおく》りがなくとも、信用したのでございます」

「猪野口がれっきとした侍だったと、なにゆえ思うんだい」

語気鋭く富士太郎はきいた。

「物腰がいかにもお武家という感じがいたしましたし、町人とはまったくちがう所作《しょさ》が手前の目を引きました」

「それだけでは、猪野口がれっきとした侍だったという証《あかし》にはならないと思うが……」

「は、はい。申し訳ございません」

「結局、おまえさんは四百両という金さえ入れば、猪野口の身元など、どうでもよかったんだろうね。それに、猪野口熊五郎というのは偽名じゃないかな。ちがうかい」

「手前には、どうにもわかりかねます」

「偽名であるという疑いを、おまえさん、持たなかったのかい」

富士太郎にいわれ、篤右衛門が苦しそうな顔になった。

「実は思いましてございます」

首筋の汗を篤右衛門が手のひらで拭いた。

「だが、おまえさんはなにもいわず黙って取引をしたんだね」

「さようにございます。なにもいわずにあの家を猪野口さまに売り渡してございます」

そうかい、と富士太郎はいった。

「猪野口には、誰かから逃げているような感じがなかったかい」

「実は、あの家を買ったことは誰にもいわず内密にしてくれと、頼まれましたので……おそらくなにか事情が」

「誰から逃げていたのかな」

「さあ、それについてはなにもおっしゃいませんでした」

「もともとれっきとした武家だったとして、猪野口は、四百両という大金をどこで得たのだろう。武家でそれだけの金を自由にできる者など、そうはいない。ちがうかい」

それについてはなにもいわず、篤右衛門は口を閉ざしている。武家の悪口になるようなことはいわぬよう、厳《げん》に慎んでいるのかもしれない。

「猪野口はお役に就いていて、そこから金を不法に横取りしていたのかもしれないね」

富士太郎は脳裏に閃《ひらめ》いたことをいった。

「ああ、それで猪野口さまは誰かに追われていたのではないかとおっしゃるのですか」

そんなところだ、と富士太郎はいった。

「猪野口があの家を買って、住みはじめたのはいつからだい」

「十月《とつき》ほど前です」

「今年の春先か。猪野口は一人で暮らしていたのかい」

「さようにございます」

「妻や妾は」

「手前も詳しくは知らないのでございますが、どうやらいなかったようでございます」

そうかい、と富士太郎はいって顎をなでた。

「ところで猪野口の話し方に訛《なま》りはあったかい」

「いえ、ございませんでした。きれいな江戸弁を話されていました」

猪野口は江戸の出なのか、と富士太郎は思った。それが四百両もの家を買い求め、そこで一人暮らしをはじめた。

――猪野口にはいったいなにがあったのか。

やはり公金を盗み出し、逃げ出したのか。大金を手にし、侍をあっさりとやめて市中に身をひそめた。これが最も考えやすいだろうか。

「おまえさん、あの家の鍵を持っているかい」

「えっ、鍵でございますか」

篤右衛門が意外そうな顔になった。

「いま猪野口は、あの家を留守にしているんだ。戸口の戸には大きな錠が下りていて、鍵がないと中に入れそうにないんだ」

「その錠は、おそらく猪野口さまが自らつけられた物でございましょう。手前は、その戸口の鍵を持っておりません」

「そうか」

うなずいて、富士太郎は唇をぎゅっと嚙み締めた。

「あの家は、雨戸も、ずいぶんと厚みがある物を使っているようだね」

はい、と篤右衛門が大きく顎を引いた。

「一度、あの家の雨戸を外されて盗みに入られたのです。そのときに決して外されないような雨戸に替えたのです」

「そうかい。あの家は一度、盗っ人にやられているのか」

「はい、さようにございます」

無念そうに篤右衛門が答えた。

「錠前屋《じょうまえや》にでも頼めば、あの錠は開けてもらえるかな」

独りごつように富士太郎はいった。

「腕のよい錠前屋なら、それも十分にできると思います」

「おまえさん、腕のよい錠前屋に心当たりがあるような物言いだね」

ございます、と篤右衛門がいいきった。

「どこの錠前屋だい」

「同じ町内にございます。三賀左屋《みかさや》さんといいます。以前、手前がただの一本しかない蔵の鍵をなくしてしまったのですが、そのときにあっという間に蔵の扉を開けてくださったのが、三賀左屋さんでございます」

「へえ、そいつはすごい腕前だね」

「はい。三賀左屋さんがその気になれば、開けられない錠は、江戸に一つもないのではないでしょうか」

「そんなにいい腕の錠前屋なら、その三賀左屋にあの家の錠を開けてくれるように頼むとするかな」

「それがよいかもしれません」

篤右衛門が力強い声でいった。無宿人に家を売ったことを、不問に付してもらえるかもしれないとの期待が、気持ちの中に出てきたのかもしれない。それが声の張りにつながっているのだろう。

正直、富士太郎は橋田屋の家の売買に関しては、どうでもよかった。今は、死骸の顔を潰した下手人を捕らえたいという一心である。

篤右衛門の案内で、近所の三賀左屋に富士太郎たちは赴《おもむ》いた。

だが、三賀左屋の女房の話では、主人の征兵衛《せいべえ》は今、錠前を取りつける仕事で上総《かずさ》の流山《ながれやま》に出かけているという。

「そうなのかい。征兵衛が帰ってくるのはいつなんだい」

富士太郎は女房にたずねた。

「明日でございます。流山からですから、明朝、向こうを出れば、昼過ぎには帰ってこられるはずですが」

流山から江戸まで六里半ほどか。足の速い者なら、半日もあれば十分に帰ってこられるだろう。

「そうかい、明日の昼過ぎか……」

ほかの錠前屋に頼むという手もあるけど、と富士太郎は思案した。そのとき、ぴんとくるものがあった。

「もしや、猪野口熊五郎の家の錠はこの店がつけたのかい」

「さようにございます」

富士太郎を見て、女房が大きく首を縦に振った。

「猪野口さまのお家の錠は、うちの主人が工夫してつくったものでございます。猪野口さまからけっこうなお金を積まれまして……」

やはり猪野口という人物は相当の金があるんだね、と富士太郎は思った。惜しげもなく金を使っているのが、ここでも知れた。

「ならば、征兵衛がやらないと、錠は開かないかい」

「おそらくそうだと思います……」

だったら今日は家の中に入るのはあきらめるしかないか。

「おまえさん、猪野口についてなにか知っていることはあるかい」

富士太郎は三賀左屋の女房にきいた。

「いえ、なにもございません」

「なんでもいいんだが……」

「いえ、申し訳ありません。私は猪野口さまとはほとんど話をしていないものですから……」

「そうだったのかい……」

その後、富士太郎たちは根津宮永町や池之端七軒町界隈を聞き込んだ。

しかし、猪野口熊五郎に関しては、これぞという手がかりを得られなかった。

そうこうするうちに日が暮れてきた。風がさらに強まり、冷たさを増してきた。

「今日の探索はここまでにしよう」

茶店に入ってみたらし団子を食べたとき、富士太郎は珠吉と伊助にいった。

「顔を潰された仏が猪野口熊五郎かもしれないとわかっただけで、今日はよしとしよう」

みたらし団子を食べ、茶を飲み干して富士太郎たちは根津門前町にある茶店をあとにした。冷たい風に追われるように足を急がせ、南町奉行所に戻った。

珠吉と伊助と別れ、富士太郎は大門内にある詰所に入った。だが、すでに詰所内は無人で、底冷えするような冷気がすでに居座っていた。

――なんだ、おいらが最後かい……。

火鉢に炭が埋めてあり、富士太郎はそれを火箸でほじくり出した。やがて炭に赤みが浮き出して、じんわりと暖かくなった。

それを感じて富士太郎はほっとした。火鉢を文机のそばまで持っていき、座した。今日の留書を書きはじめる。

――荒俣さまも、さすがにもうお戻りになっただろうね。

留書を手早く書き上げ、富士太郎は墨が乾くのを待って閉じた。留書を引出しにしまい入れる。

――明日、荒俣さまにお目にかければいいだろうね。

富士太郎は立ち上がった。その途端、地鳴りが聞こえてきた。

――またきたか……。

富士太郎は身構えた。だが、一度、突き上げるような揺れがあっただけで、地鳴りはそれきりだった。

――このまま、なんとかおさまってくれないものかなあ。子が生まれるときに天変地異なんて、勘弁してほしいよ。

富士太郎は神仏に祈りたい気分だ。今日も外に出ていたから気づかなかっただけで、実際には地鳴りは何度もあったのだろう。

せめて子供が生まれるまでは、と富士太郎は思わざるを得なかった。

――さて、帰るとするか。

こうまで地鳴りがつづくと、智代もきっと不安で一杯なのではないか。

――おいらが無事な顔を見せて、智ちゃんを安心させなきゃいけないよ。

帰り支度を素早く済ませた富士太郎は、最後に火鉢の炭を深く埋めて、同心詰所をあとにした。

第二章

一

棒きれを手にした菫子《すみれこ》が、鍋の底を叩いている。

がんがん、と激しい音が荒俣土岐之助《ときのすけ》の耳を打つ。

なにをしているのだ、と土岐之助は菫子に質そうとしたが、どういうわけか喉がかすれたようになっており、声が出ない。

なんだ、なぜだ。土岐之助は戸惑った。なにゆえ声が出ぬ。

かたい表情をした菫子は、棒を振るって鍋を叩き続けている。なにか伝えたいことでもあるのか。

菫子、と土岐之助は心で呼びかけた。なにをいいたいのだ。

だが、菫子は口を開かない。ひたすら鍋を叩いている。そのせいで、土岐之助は耳が痛くなってきた。

董子、やめろ、やめるのだ。そのような真似をして、どんな意味があるのだ。

土岐之助の心中などお構いなしに、董子はなおも鍋を叩いている。その音は、土岐之助の頭の中で破れ鐘《わがね》のように鳴り響きはじめた。

その瞬間、土岐之助は、はっとした。

――わしは夢を見ておるのではないか。

それに気づいた途端、じゃんじゃん、という音が耳に飛び込んできた。

――半鐘《はんしょう》だ。

目を開け、土岐之助は、がばっと跳ね起きた。本当に半鐘が鳴っている。じゃんじゃんじゃん、じゃんじゃんじゃん、と連打されていた。

だが、その音は、夢で董子が鍋を叩いていたときほどうるさくない。

――火元はさほど近くないようだな。

これなら、あわてて避難せずとも大丈夫だろう。ふう、と息を入れ、岐之助は安心した。

ここ八丁堀の近くでも半鐘は鳴らされているようだが、じゃん、と一度鳴ったあと、間を置いてまた、じゃん、と鳴っている。これは、火元は遠いとの意味でる。

じゃんじゃんじゃん、と連打されている半鐘の音は、東のほうから聞こえてくる。

——火元は大川《おおかわ》の向こうか……。

ふと横を見ると、妻の菫子も目を覚ましていた。

「菫子、起きたか」

はい、といって菫子が体を起こし、寝間着の襟元をかき合わせる。

「大火事にならなければよいのですが……」

「まことにそうだな。このところ、地鳴りや地震が頻繁に起きておるし、下手をすれば大火事につながって多くの人死《ひとじ》にが出かねぬ」

はい、と菫子がよく光る目でいった。

「大きな火事が起きると同時に大地震がきたら、と思うと、ぞっといたします」

菫子が怖そうに肩を震わせた。

「確かにその通りだな。菫子、寒くはないか」

妻を気遣って土岐之助はきいた。

「はい、平気です」

菫子がこくりとうなずく。それにしても、と土岐之助は菫子から目を離して訝《いぶか》しんだ。

——わしは、なにゆえあのような夢を見たのであろう。所詮、夢に意味などないのかもしれぬが……。

その間も、乱打される半鐘の音は聞こえてくる。

「あなたさま、いま何刻でございましょう」

菫子にきかれ、土岐之助は考えた。

「九つを過ぎたあたりではないかな」

「私もそのくらいだと思います」

不意に、土岐之助をじっと見る菫子の顔が翳《かげ》りを見せた。菫子が表情を曇らせたわけではなく、土岐之助たちの枕元で行灯の火が揺れたのだ。

いつなにがあっても即座に身動きが取れるよう、荒俣家の寝所では毎夜、行灯はつけっぱなしにしている。

「火事はどのあたりで起きているのでしょう」

顔を半鐘の音がするほうに向けて、菫子がいった。

「本所《ほんじょ》、深川《ふかがわ》のあたりだろうな」

土岐之助が答えると、そのようですね、と菫子が首を縦に振った。よし、と土岐之助は心で気合をかけた。

「火事とあらば、放ってはおけぬ。ちと様子を見てくる」

ためらいなく立ち上がるや、土岐之助は寝間着を脱いだ。寒気《かんき》に身が締めつけられ、凍えそうだな、と土岐之助は思った。

「お着替えをお手伝いいたします」

「済まぬ」

土岐之助は、菫子の手を借りて着替えを終えた。最後に十手《じって》を懐にしまい入れ、大小の刀を腰に差す。同心は一本差だが、与力は大刀だけでなく脇差も帯びる。

その場で身支度をととのえた土岐之助は、枕元の行灯を手にし、腰高障子を横に滑らせた。冷えきった廊下を歩く。菫子が後ろについてきた。

玄関まで来たところで、土岐之助は菫子に行灯を渡した。式台《しきだい》に下り、菫子に行灯で照らしてもらって三和土《たたき》の雪駄を履いた。雪駄自体、ひどく冷たく、足袋《たび》を履いているものの足の裏に冷えが、じんと伝わってくる。

――歩いているうちに、きっとあたたかくなろう。

玄関の板戸をからりと開け、土岐之助は外に出た。屋敷内よりもずっと冷え込んでいる。

——底冷えというやつだな。

風はまったくなく、半鐘の音以外は静かなものだが、身震いが出るほど寒く、吐く息がそのまま凍るのではないかとすら思えた。

——しかし、風がないのは救いだな。

空はすっきりと晴れ渡っており、おびただしい星が銀色にまたたいている。星明かりで、提灯はいらないくらいだ。

だが夜間、提灯をつけずに道を行くのは法度《はっと》である。町奉行所の与力が、自ら法度を破るわけにはいかない。

菫子が火打石と火打金《ひうちがね》を使って、手早く提灯に火を入れた。灯《あかり》が灯り、あたりがほんのりと明るくなる。

「どうぞ」

「済まぬ」

菫子から提灯を受け取った土岐之助は、敷石を踏んで門に向かった。町方同心の屋敷は木戸だが、与力の屋敷は冠木門《かぶきもん》となっている。

「荒俣さま――」

声がかかって、横から人影が寄ってきた。土岐之助は提灯を高く掲げ、その人物を照らした。

「住吉《じゆうきち》、起きておったか」

住吉は土岐之助に仕える小者で、冠木門近くの小屋で寝起きしている。二十五になるが、いまだに独り身である。

「半鐘の音が聞こえましたので、必ず荒俣さまが火事場にいらっしゃるだろうと考えまして……」

住吉は、すでにしっかりと身なりをととのえている。股引《ももひき》を穿《は》き、半纏《はんてん》を着込んでいた。

――さすがに住吉だ。

「よし住吉、まいろう」

感心した土岐之助は住吉をいざない、冠木門に近づいた。門はがっちりと閉まっている。

土岐之助の前に出た住吉が、くぐり戸の閂《かんぬき》を外した。手早くくぐり戸を開け、土岐之助を先に通す。土岐之助は門外に出た。

路上に立ち、東の空を見やる。夜空が赤くにじんでいるのが眺められた。近くの屋敷からも、町方役人たちが何人も出てきていた。不安そうに東の空を見つめている。

「付け火でなければよいが……」

提灯を持つ手に少し力を入れて、土岐之助はつぶやいた。遠くの半鐘は、相変わらず連打されている。

土岐之助の後ろに、菫子が立った。

「火事というだけでいやなのに、もし付け火だったら、とんでもないことですね」

菫子が気がかりそうな声でいう。菫子をちらりと見やって土岐之助は、うむ、とうなずいた。

最後に住吉が出てきて、くぐり戸をそっと閉めた。

「よし菫子、行ってまいる」

菫子を見つめ、土岐之助は告げた。

「あなたさま、私もお供いたしましょうか」

土岐之助を見返して、菫子が申し出る。

「いや、そなたはここにいてくれ。菫子がこの屋敷の守りに専念してくれれば、わしも安心できるゆえ」

「承知いたしました」

案ずるような瞳で見てくる菫子が、土岐之助は愛おしくてたまらなくなった。菫子を思い切り抱き締めたくなったが、そばに住吉がいる。その思いを押し殺し、土岐之助は菫子をじっと見た。愛おしさがまたしても募ってきた。

「では菫子、頼んだぞ」

「わかりました」

土岐之助は提灯を住吉に渡した。提灯を手にした住吉が一礼し、足早に歩きはじめる。土岐之助はそのあとに続いた。

八丁堀の組屋敷《くみやしき》の外でも、大勢の町人が道に出ていた。誰もが背伸びをするように東の空を見ている。

火元が大川の向こう側だけに、不安がっている様子は見受けられない。まさに、対岸の火事という風情である。

永代橋《えいたいばし》を渡って、土岐之助たちは深川佐賀町《ふかがわさがちょう》に入った。ここでも多くの町人が路上に出ていた。

風がないのがやはり幸いだ。風などは天の機嫌でいつ吹きはじめるか知れたものではないが、今のところ、延焼の心配はいらないだろう。

「どうやら火元は木場町《きばちょう》のようですね」

足を進ませつつ住吉がいった。住吉の目は、赤く焼けている空を見つめているようだ。

「うむ、わしもそう思う」

土岐之助たちは佐賀町から相川町《あいかわちょう》、北川町《きたがわちょう》、黒江町《くろえちょう》と抜け、富岡八幡宮《とみがおかはちまんぐう》の門前を通った。

このあたりは江戸でも有数の色町になっており、娼妓《しょうぎ》らしい女たちやその客とおぼしき男たちが路上にずらりと立ち並び、赤々と染まる空を見上げている。風がないことに安心しているのか、誰一人として避難しようとしてはいない。

土岐之助たちは汐見橋《しおみばし》を渡り、入船町《いりふねちょう》に入った。ここまで来ると木場町はすぐそばで、木の香《か》が濃く漂っているのが知れた。今は、それにきな臭さが混じっていた。

真冬にもかかわらず、土岐之助は強い熱気を感じはじめた。間近に迫ってきた火事が、相当の火勢《かせい》であるのは疑いようがない。

実際、黒くて太い煙が盛大に夜空に立ち上《のぼ》っていくのが眺められた。見ていて煙は怖いくらいの勢いである。

火元になっている木場町は広大で、九万坪もの敷地があると土岐之助は聞いている。すべて埋め立て地だが、まるで海に浮かんでいるように見える町でもある。

ぐるりを水路で囲まれた木場町内は水路で十ばかりの区画に区切られ、それぞれに材木商が家屋敷と店を構えている。店の目の前には貯木《ちょぼく》のための堀が広り、おびただしい木材が浮いている。

木場町が周囲を水路で囲まれているのは、火事が起きても他の町に延焼することがないようにしているからだ。仮に火災が発生しても、木場町内だけで済む仕組みになっているのである。

木場町と他の町を結ぶ橋は、全部で七つある。そのうちの一つは長州《ちょうしゅう》毛利《もうり》家《け》の屋敷から延びており、土岐之助たちは使えない。土岐之助たちは最も南に架かる江島橋《えのしまばし》を渡って、木場町に足を踏み入れた。

ここまで来ると、激しく燃える木材の断末魔のような音が土岐之助の耳に届きはじめた。きしむような音である。

木場町の真ん中あたりで、火の手が激しく上がっているのがはっきりと見えた。強い炎に照らされて、そばに建つ家屋敷が明るく照らし出されている。

さすがに豪商ばかりが店を構えていることもあり、その家屋敷も大きく、立派としかいいようがない造りである。

どうやら、と土岐之助は、前を行く住吉に向かっていった。

「あそこの材木問屋の木材が、焼けているようだな」

ちらりと振り向いた住吉が、はい、と大きな声で答えた。

「あの材木問屋は、岩志屋《いわしや》さんのような気がします」

「住吉、よくわかるな」

「前に、木場見物に来たことがあるものですから」

「そうか、あれは岩志屋か……」

あまり評判がよいとはいえない木材問屋である。

——いや、恐ろしく評判の悪い店だったな。

これまでも、木材を売り惜しんで値をつり上げ、莫大な儲けを手にしてきたという風評がある。江戸の町人も、憎悪の目を向けている者は少なくないだろう。

——この火事は、岩志屋に罰《ばち》が当たったのではないか……。

即座に土岐之助はかぶりを振った。

――いや、町方に勤仕《きんし》する者がそんな風に考えてはいかんな。

おのれを戒めた土岐之助は、住吉の先導で木場町内を南北に突っ切る道を北に向かった。岩志屋の前にはすでに大勢の火消したちが集まっており、懸命に火事を鎮圧しようとしていた。

路上で足を止めた土岐之助と住吉は、火消したちの邪魔をしないよう、距離を置いてその働きを見守った。

「燃えているのは敷地内の貯木の堀に浮いている木材だけに見えるが、住吉、どうだ」

「はい、手前もそう思います」

あの様子では、どうやら岩志屋の家屋敷に火が燃え移る恐れはないようだ。

――しかし、水に浮いているというのに、あれほどひどく燃えるものなのか。

激しく燃え上がる木材を眺めて、土岐之助は不思議な気がした。実際、強い油の臭気が煙とともに漂っているのがわかった。

油が撒《ま》かれたのか。

となると、と土岐之助は考えを進めた。

――付け火か……。

水に浮いた木材があれだけの炎を上げるというのは、油を撒かれて火をつけられたとしか考えられない。

つまり罰が当たったのではなく、と土岐之助は思案した。岩志屋は何者かにうらみを買っており、それを晴らされたのではないか。

――誰の仕業にせよ、思い切った真似をしたものだ。

首を振り振り土岐之助は思った。

――あの貯木堀の木材は、いったいどのくらいあるものなのか。

おそらく、数百本では利かないのではないか、と土岐之助は思った。

――岩志屋ほどの大店の売り物なら、相当よい木材であろう。

被害は数千両に及ぶのではないか。

「荒俣さま――」

ふと横から声がかかった。顔を向けると、そばに富士太郎が立っていた。

「おう、富士太郎、来ておったか。相変わらず早いな」

土岐之助が声を投げると、富士太郎が真剣な顔でうなずいた。

「火事となると、やはり一刻を争いますから」

確かにその通りだが、と土岐之助は思った。

――ほかの者が姿を見せておらぬのに、こうしてすぐさま駆けつけるなど、いかにも富士太郎らしい……。

富士太郎、と土岐之助は感心しつつ呼びかけた。

「あの材木問屋は岩志屋だな」

土岐之助は改めて確かめた。

「さようです」

「黒い煙がもうもうと上がっているが、水に浮かんだ木材が焼けると、ああいう風になるものなのか」

「それがしにもよくわかりませぬが、水に浮いた木材があれだけ燃えるのは、さすがにおかしいのではないかと存じます。黒い煙は油のせいではないでしょうか」

「やはり木材に油を撒かれたのか……。ならば、付け火であろうな」

「それがしは、そうにらんでおります」

確信の籠もった声で富士太郎が答えた。

火事の最中に、火盗改《かとうあらため》の者たちが岩志屋の奉公人とおぼしき者たちに事情を聞いている。火盗改もこの火事が放火によるものと断定づけたのではあるまいか。

火事については火盗改に任せておけばよいのかもしれないが、やはり江戸の町を守っているのは町奉行所であるという自負がある。この木場町の火事に関しても、なにが背景にあるのか知っておく必要があった。

とりあえず土岐之助には、火盗改の動きを妨げる気は毛頭《もうとう》ない。いずれ火事もおさまるだろう。

そのときを土岐之助は黙って待った。

二

一刻後、堀に浮かんだ木材の火はほとんど消え、炭火のように赤くなったり、暗くなったり明滅しているところが見えるだけになった。

細い煙が至るところから上がり、ぶすぶすとくすぶるような音がそこかしこから聞こえてくる。

火盗改の者たちは、とうに引き上げた。土岐之助と富士太郎がそこにいるのに気づいた様子は見えなかったが、果たしてどうだっただろうか。火盗改には、目ざとい者が揃っているのを土岐之助は知っている。

用心のため、四半刻を待って土岐之助と富士太郎、住吉は岩志屋の敷地に入った。

ほんの間際で貯木堀を見やる。やはり、岩志屋の店の前にある貯木堀に浮いていたすべての木材が燃えたようだ。

——もったいないな。これだけの木材があれば、いったい何軒の家や長屋を建てられたものか……。

岩志屋の貯木堀の材木が燃えたに過ぎず、どこにも延焼はないようだ。

十人ほどの岩志屋の奉公人とおぼしき者が、貯木堀の前で呆然としていた。悄然《しょうぜん》としているのが、おのおのの立ち姿にくっきりとあらわれていた。

しかしその中で一人だけ、他の者と風情が異なる者がいた。真ん中に立つ恰幅《かっぷく》のよい男である。両肩が落ちておらず、むしろ昂然《こうぜん》と胸を張っている。

——おそらく、岩志屋のあるじであろう。

見当をつけた土岐之助は足早に近づき、声をかけた。

「おぬしがこの店の主人か」

きかれて、男が土岐之助に顔を向けてきた。これはまた稀《まれ》に見る悪相だな、と土岐之助は半ば驚いた。燃え残っている木材から上がっているちろちろとした炎に照らされたその顔は、恐ろしいほどに気味悪く見えた。

——いかにも酷薄《こくはく》で、残忍そうではないか。

この男はこれまでどんな悪行を積み重ねてきたのだろう、と土岐之助は思った。

——いったいなにをすれば、これほどの悪相になれるものなのか……。

「これはお役人がお二人も——」

男が引きつったような笑みを浮かべ、土岐之助と富士太郎に挨拶してきた。

「手前は岩志屋の主人、資右衛門《すけえもん》と申します」

やはりあるじだったか、と土岐之助は納得した。

「わしは南町奉行所の与力荒俣という。これは定廻り同心の樺山だ」

「ご両人には、お初にお目にかかります。どうぞ、今後ともよろしくお願いいたします」

資右衛門が辞儀してきたが、その仕草には土岐之助たちを見下すような尊大さが見え隠れしていた。

歳は五十前後だろう。まるで眠っているかのように目が細く、涙堂《るいどう》が不自然なほどに大きい。唇は上下ともに薄いが、顎の肉はたるんでいる。脂ぎった顔で、この男こそがあたりに充満している油臭さの元ではないかと思えるほどだ。

「なにゆえこれらの材木は燃えたのだ」

燃えかすだけが無残な姿をさらしている貯木堀に目を当てて、土岐之助はたずねた。

「先ほど火盗改の方々にも申し上げましたが、付け火でございます」

確信のある声と顔つきで資右衛門が告げた。

「付け火か。この油の臭いは、やはりそのためであったか……」

「お気づきでございましたか。まちがいなく付け火でございます」

忌々《いまいま》しそうな顔で資右衛門が認めた。

「その堀に浮かべていたのは、すべて選び抜かれた木材ばかりでございました。いずれも一本十両は下らぬ、まさに最上の木材だったのでございますよ」

資右衛門が悔しそうに唇を嚙んだ。

「この上ないその木材は、その堀に何本くらいあったのだ」

一度、目を閉じた資右衛門が、重そうなまぶたを持ち上げて土岐之助を見た。

その瞳には、憎悪としか思えない光が宿っていた。

「ゆうに千本はございました」

苦々しげな顔で資右衛門が答えた。ぎゅっと拳を握り締めている。

千本とは、と土岐之助は驚愕せざるを得なかった。横で富士太郎も大きく目を見開いている。

「ならば、損害は相当のものだろうな」

土岐之助の言葉に、資右衛門が当たり前だといわんばかりの表情になった。

「売値は数万両にも及びましょう」

顔をゆがめて資右衛門が口にした。

「数万両だと……」

さすがに土岐之助も、そこまで莫大な額だとは思わなかった。富士太郎も息をのんでいる。

もしその額が本当ならば、と土岐之助は思った。

――岩志屋がいくら江戸で指折りの大店だといっても、傾かぬわけがないのではないか。

岩志屋が傾くことで得をする者となると、と土岐之助は考えた。即座に思い当たるものがあった。

——甘い汁を存分に吸いたくてならぬ商売敵に火を放たれたというのは、考えられぬか。

数万両にも及ぶ最上の木材が燃えたら、その分、自分の店に注文がくるだろうと思う者がいても、おかしくはなかろう。

しかし、と土岐之助はすぐに思った。材木商人同士では座《ざ》というものをつくっているし、座はもともと仲間うちで利益を分かち合うための組である。

仮に座の中で岩志屋が目の上のたんこぶのような存在だったとしても、火付けなどするだろうか。今のままでも、座に入っていれば、十分すぎるほどの利益があるはずなのだ。

それに、もし放火が露見し、捕まったら商売が駄目になるだけでは済まない。自分の命まで儚《はかな》くなってしまう。

——それほどの危険を冒してまで、放火するか。

座というのは定員が決まっている。店を傾かせることで座から岩志屋を追い出し、そこに自分の店がおさまるという構図を描けないでもないが、策を弄《ろう》しすぎではないかという思いは捨てられない。

「荒俣さま――」

張りのある声で、資右衛門がいきなり呼びかけてきた。

「下手人を捕まえてくださいますか」

憎々しげな顔をした資右衛門が頼み込んできた。これでも、資右衛門本人にしたら、懇願のつもりなのかもしれない。おそらく、火盗改にも同じ台詞《せりふ》を吐いているにちがいなかった。

――悪相の者は、ただ面相が悪いというだけで、かなりの損をしているのは、まちがいなかろう。ただこの男、これだけの木材が燃やされたにもかかわらず、まるでめげておらぬようだ。

「必ず捕らえよう」

資右衛門を見つめて、土岐之助は断言した。

「下手人は磔《はりつけ》にしてくださいますか」

「火付けをした者は火あぶりに処せられるゆえ、おぬしが案ずるまでもない」

「火あぶり……。ああ、さようでございましたな」

――さて、この火付けの一件は誰に任せるのがよいか。

腕組みをして土岐之助は思案した。横にいる富士太郎にやらせたかったが、今は顔を潰された男の一件を調べている。それに、縄張もちがう。本所や深川を担当している本所見廻《ほんじよみまわ》り役に命じるのがよかろうと土岐之助は判断した。

それにしても、と思い、資右衛門を見やる。

――数万両にも及ぶ木材を失った割には、意外に平然とした顔をしておるな。

これはどういう意味に取ればよいのか。

「荒俣さま、手前の顔になにかついておりますか」

「いや、なにもついておらぬ」

かぶりを振って土岐之助は資右衛門をじっと見た。

「油が撒かれた以上、これは付け火だとみてまちがいなかろうが、おぬしには下手人に心当たりはないのか」

「えっ、手前にでございますか」

意外そうな顔で資右衛門が問う。

「そうだ。そなたは、誰かからうらみを買っておらぬか」

土岐之助にきかれて、資右衛門が苦笑いを見せた。

「正直申し上げて、多すぎますな。手前には、心当たりがありすぎて、誰の仕業なのか、逆にさっぱりわかりません」

「仮におぬしにうらみを持つ者が十指《じっし》に余るとして、とくに怪しい者が何人かはおるだろう。その者を教えてくれればよい」

「いえ、申し訳ないのですが、手前には思案がつきかねます」

薄い二つの眉をぎゅっと寄せて、資右衛門が首を振った。

「どうか、荒俣さま、そちらでしっかりとお調べくださいませんか」

尊大さを感じさせる顔で資右衛門が傲然《ごうぜん》といい放った。

「よかろう。そうしよう」

資右衛門をじっと見て、土岐之助は請け合った。資右衛門にいわれなくとも、放火の下手人は捕らえなければならないのだ。

三

じき夜が明けようとする五つ半過ぎに、土岐之助は組屋敷に帰ってきた。

無事な姿を目の当たりにして、菫子は安堵の息をついた。土岐之助を送り出すときに、なにかあるのではないかと思ったわけではない。ただ、一緒に行ったほうがよいのではないか、という気がしたに過ぎない。

深夜に火事場に赴いたせいで、さすがに土岐之助は疲れた顔をしていたが、何事もなくて本当によかった、と菫子は心から思った。

「あなたさま、せめて四半刻ほどお眠りになりますか」

玄関に入ってきた土岐之助を出迎えて、菫子はきいた。

「いや、よい」

軽く首を横に振って土岐之助が答えた。

「今から寝てしまえば、まず起きられぬ」

「私が起こして差し上げますよ」

「その通りであろうが、今は起きているほうがよい。ちと体を拭いて、さっぱりしたいな」

火事場に行ったせいか土岐之助の顔は煤《すす》で黒く、その上、全身が油臭かった。

「では、庭にまいりましょう」

いったん台所に向かった菫子は手ぬぐいとたらいを持ち、土岐之助とともに庭の井戸に向かった。

釣瓶《つるべ》で汲んだ水をたらいに移す。手ぬぐいを水につけて、ぎゅっとしぼった。

井戸水といえども、冷たさに手がしびれる。

「菫子、済まぬな」

一瞬、菫子が顔をしかめたのを見逃さず土岐之助が詫びた。

「いえ、このくらい、なんでもありませぬ」

にこりとして菫子は答えた。すでに土岐之助は諸肌脱《もろはだ》ぎになっている。寒いな、とつぶやいて身を震わせた。

「さあ、お体を拭きましょう」

しぼった手ぬぐいを使い、菫子は土岐之助の体を丁寧にぬぐった。襟元や袖口からも煤が入り込んでいるようで、手ぬぐいはすぐに黒くなった。

何度かたらいの水を入れ替え、そのたびに手ぬぐいを洗っては、菫子は土岐之助の体を拭き続けた。

最後に、土岐之助の顔もきれいにした。土岐之助は嫌がりもせず、ずっとされるがままになっていた。

「それにしても、相変わらずここの水はしょっぱいな」

顔を少しゆがめて土岐之助がいった。口元を拭いたときに、水が少し口に入ったようだ。

ええ、と菫子はうなずいた。

「海が近いせいで、塩気をかなり含んでおりますものね」

「まあ、こうして水が出るだけでも、ありがたいと思わねばならぬ」

「さようにございます。それにしてもあなたさま、火事の最中、大地震が起きずによかったですね」

「まったくだ。もっとも、火元は木場町であった。あの町なら火事の際、大地震が起きても、他の町に延焼する恐れはまずないゆえ、わしは少し安心しておった」

そのために、江戸の至るところにあった木場が、深川の木場町一つにまとめられたのである。

「火事は木場町でございましたか」

「うむ。岩志屋という材木問屋の木材が派手に焼けおった」

「岩志屋さんでございますか……」

「そなたも存じておろう。すこぶる悪名高い材木問屋だ」

「買い占めと売り惜しみを、得手にしている材木問屋でございますね」

「その通りだ。さいぜんの火事で、売値にして数万両もの木材を火事で失ったそうだ」

ええっ、と菫子はのけぞりそうになった。

「それはまた、恐ろしいような額でございますね」

「だが、岩志屋のあるじの資右衛門は、どこか平然としておったな。あれは、どういうわけかな……」

土岐之助が首をひねった。

「数万両もの木材を失って、平然としていたのでございますか」

「そうだ。顔はしかめていたものの、気持ちはさほど揺れ動いているようには見えなんだ」

「さようにございますか……。それは不思議でございますね」

「そうであろう」

諸肌脱ぎのままで、土岐之助が歩き出す。屋敷内に入り、夫婦の居間で出仕のための着替えをはじめた。菫子はそれを手伝った。

菫子、と土岐之助が呼びかけてきた。

「火事が起きた際、わしと一緒に行くと申したが、あのとき菫子は胸騒ぎでも覚えていたのか」

「いえ、そうではありませぬ」

土岐之助を見つめて菫子は首を横に振った。

「ただ、あなたさまと一緒に行きたいという気持ちだけでございました」

「ほう、そうなのか」

「はい。あなたさまを警固するという気持ちもなく、ただずっと一緒にいられたらいいなあ、と思ったのです」

「実を申せば、わしもそなたとずっと一緒にいたい」

不意に土岐之助に抱き寄せられた。菫子はびっくりしたが、すぐに気分がゆったりと落ち着くのを感じた。

「ああ、あなたさまの鼓動が聞こえます」

土岐之助の胸に顔を押し当てて、菫子はいった。

「とても気持ちいい……」

「そなたを抱いていると、わしも心地よくてならぬ。ずっとこうしていたいものよ」

「はい、本当に」

そのとき菫子は、ぐう、という音を聞いた。

「あなたさまのおなかが鳴りました」

土岐之助から少し体を離して、菫子は顔を仰ぎ見た。

「気持ちが落ち着いたら、腹が空いてきてしもうた」

「でしたら、今から朝餉をつくります」

「なに、そなたがやらずともよい。すでに喜代実《きよみ》が支度にかかっているようだぞ」

喜代実というのは、荒俣家の女中である。なかなかの器量よしで、気立てもよい。内心で菫子は、住吉の嫁にどうだろうか、と思っている。土岐之助も、おそらく同じ気持ちでいるのではなかろうか。

「台所から音が聞こえてきますね」

あの物音は、喜代実が朝餉のために立ち働きはじめたという証であろう。

それから半刻後、菫子は膳の前に座していた。すぐ隣に土岐之助が端座している。

「どうだ、うまいか」

「はい、とてもおいしゅうございます」

笑顔で菫子は答えた。しきりに箸を動かして白い飯を口に運んでいると、この上ない幸せを感じた。

隣に土岐之助がいるのは、いつものように菫子のために飯を甲斐甲斐しくよそってくれたからだ。

――このようなことは、本来は妻がすべきなのに、この人はなにもいわず、ご飯をよそってくれる……。

飯だけでなく、味噌汁も椀《わん》についでくれた。

――私は、なんていい人と一緒になれたのだろう。とても器の大きい人だ……。

器の小さな男は、体裁《ていさい》にこだわってこのような真似は決してしない。土岐之助には余裕があるのだ。それは器が大きいという、なによりの証拠であろう。

土岐之助と一緒にいると、菫子は幸福である。できれば、土岐之助の子がほしい。だが、自分はもういい歳である。さすがに今からでは遅いような気がする。子には恵まれないのではないか。

――この人の子をなせなかったのは、私の中で最も大きな心残りだわ……。

朝餉を食べ終えた菫子は、少しでも働こうと思い、自分の膳を持って台所へ運ぼうとした。そのとき地鳴りがし、直後に突き上げるような地震があり、体がぐらつくほどの揺れになった。

あっ、と菫子は声を上げたが、武芸の心得があるだけにふらつきはしなかった。しかし手のうちの膳を放り投げそうになった。

いや、実際に放っていた。それを土岐之助が受け止めた。

「あっ、申し訳ありませぬ」

「まったくいつまでたっても、菫子は娘のようだな……」

膳を手にした土岐之助が、むしろうれしそうに笑った。そのゆったりとした笑顔に、菫子は見とれた。

膳を持って台所に行き、喜代実の洗い物を手伝った。

居間に戻ると、南町奉行所に出仕するために、土岐之助が身支度をととのえていた。それを菫子は少しだけ手伝った。

疲れた様子を一切見せずに、土岐之助が冠木門を出ていく。二歩ほど進んだところで立ち止まり、振り向いた。

菫子は、大事な夫を見送るために門先《かどさき》に来ていた。土岐之助と目が合った。

「これからそなたは、秀士《しゅうし》館《かん》に行くのだな」

確かめるように土岐之助がきいてきた。

「さようです」

菫子は、いま秀士館で薙刀《なぎなた》の師範代をつとめている。

「菫子、稽古は楽しいか」

「とても楽しゅうございます。一所懸命に教えた人が、みるみるうちに上達していくのは、とても気持ちが弾みます」

「それは重畳《ちょうじょう》」

土岐之助は心から喜んでいる顔をしている。

「菫子が生き生きしている姿を見るのが、わしの生き甲斐だ」

「えっ、まことでございますか」

「まことよ」

土岐之助が、当然であろう、といいたげな顔になった。

「菫子、今日も秀士館で励んでくるのだな」

「はい、今から行ってまいります」

「だが菫子。今から行ったのでは、秀士館に着くのは四つ頃になるであろう。それでは、午前の稽古は途中からになってしまうのではないか」

「それについては、四つから稽古に加わることで、師範の川藤仁埜丞《かわとうじんのじょう》さまからお許しをいただいております」

「そうであったか。それを聞いて安心した。では菫子、行ってまいる」

住吉を連れて、土岐之助が改めて歩きはじめた。

「お気をつけて」

土岐之助の姿が見えなくなるまで、菫子は見送った。いったん屋敷に引っ込み、秀士館への出仕の支度をはじめる。

支度ができたところで菫子は模擬《もぎ》の薙刀を袋にしまい込んで担ぎ、喜代実に留守を頼んで屋敷をあとにした。

門を出て十間ほど進んだところで、一人の老婆が息せき切って、こちらに歩いてくるのを見た。

「お喜多さん――」

菫子は声をかけた。驚いたように足を止めたのは、八丁堀の近所に住む産婆のお喜多である。

「ああ、これは荒俣さまのご内儀。おはようございます」

笑顔になり、お喜多が丁寧に挨拶する。

「おはよう。お喜多さん、ずいぶん急いでいるようだけど、これからお産があるお喜多に歩くよう促しながら、菫子はたずねた。

「まだお産だというわけではないのですが、じきに生まれそうなお方がいらっしゃるのですよ。あたしは、ちょっと様子を見に行こうとしているのです」

その言葉を聞いて、菫子はぴんとくるものがあった。

「もしかして、樺山さまのところの智代さんではないの」

「おっしゃる通りでございます」

うれしげにお喜多が答えた。

「そうね、智代さんはもう産み月に入っていたわね」

「もうあと数日もかからないのではないかと思いますよ」

「それなら、本当にもう間近ね。お喜多さん、私も一緒に樺山さまのお屋敷に行ってもいいかしら」

「ええ、私は構いませんよ」

にこりとしてお喜多がいった。

「ありがとう。私も智代さんの様子が知りたいの」

「そういえば――」

合点のいったような声をお喜多が発した。

「御番所で樺山の旦那さまは、荒俣さまの下で働かれているのでしたね」

「その通りよ。うちの主人にとって、これ以上求むべくもない配下らしい……」

「ああ、それはよくわかります」

足早に歩きつつ、お喜多が納得したような声を上げる。

「智代さんをお嫁さんにもらう前の樺山さまは、どこかなよっとされていたのですが、今はもう偉丈夫《いじょうふ》としかいいようがないお方になられましたからねえ……」

しみじみとした口調でお喜多がいった。偉丈夫か、と菫子は思った。とてもよい言葉ではないか。

確かに富士太郎は、以前とは比べものにならないほどたくましくなった。

「母御《ははご》の田津どのにとって、自慢のお子でしょうね」

「その自慢のお子が今度、生まれるのですから、田津さまもうれしくてならぬようでございますよ」

「そうでしょうね」

相槌を打った菫子は、お喜多と肩を並べるようにして樺山屋敷に向かった。

同じ組屋敷内だけに、樺山屋敷はすぐそばにある。秀士館に行く道といえばいえる。別にさして遠回りにならない。菫子は富士太郎だけでなく妻の智代、母の田津とも面識がある。

樺山屋敷の木戸は、大きく開いていた。おはようございます、と元気な声でいって、お喜多が木戸をくぐる。

薙刀の入った袋が木戸にぶつからないように注意しつつ、菫子はお喜多のあとに続いた。

正面の玄関には見向きもせず、お喜多が勝手口に向かう。勝手口の前に立ち、改めて訪《おとな》いを入れた。

はい、と若い女の声で応えがあった。その直後、大きなおなかを抱えるようにして、智代が出てきた。

「お喜多さん、おはようございます」

元気な声でいった智代が、お喜多の背後にいる菫子に気づく。

「あっ、菫子さま」

びっくりしたように智代がいった。

「おはよう、智代さん」

薙刀の入った袋を担ぎ直して、菫子は低頭した。

「おはようございます」

恐縮したように智代が返してくる。

「いつも主人がお世話になっております」

「富士太郎さんがいてくれるおかげで、うちの主人も、つつがなく与力という役目をつとめられるのですよ。礼をいうのは、こちらのほうです」

「とんでもない」

驚いたように智代がかぶりを振る。

「もうじき子が生まれる智代さんが気にかかって、私も一緒に来させてもらったのです」

「ああ、さようでございますか。お気遣いくださり、まことにありがとうございます」

「気遣いというほどのものではないのよ。ただ智代さんがどんな具合かなあ、と思っただけだから……」

「それでも、お気にかけていただいて、うれしく思います」

「富士太郎さんは、もうお出になったのね」

「先ほど出仕いたしました」

「富士太郎さん、赤子が生まれてくるのを、それはそれは楽しみにしているんでしょうね」

はい、と満面に笑みを浮かべて、智代が答えた。

「毎日、このおなかをさすって、早く生まれておいでといってから、出仕していきます」

「それは、とてもよい話ね。とにかく智代さん、元気そうなお顔を見られてよかった。安心したわ」

もっと樺山屋敷にいたかったが、これ以上、長居しては秀士館に遅刻してしまう。

「お喜多さんは、あともう数日で生まれるのではないかといっていたけど、私も楽しみでならないのよ」

「さようでございますか。ありがとうございます」

言葉だけでなく、智代が感謝の色を面《おもて》に浮かべた。無事に生まれたらなにかお祝いをしなければいけないわね、と思う一方で、菫子は智代にうらやましさも感じた。

——私は富士太郎さんが感ずる幸せを、大事な旦那さまに味わわせてあげられない。

土岐之助に済まないという思いが、沼のあぶくのように心の底から湧いてきた。

「では智代さん、これで失礼するわ。お忙しいところをお邪魔して、悪かったわね」

笑みをつくって菫子はいった。

「邪魔だなんて、とんでもありません。菫子さまにいらしていただいて、私はうれしくてなりません」

「ありがとう。智代さんは優しいのね。富士太郎さんは幸せ者だわ」

横に立つお喜多に、菫子は目を向けた。智代さんをお願いね、という気持ちを込めて軽く頭を下げる。お喜多が辞儀してきた。

薙刀の入った袋を担ぎ直して菫子は、智代とお喜多の前を辞した。木戸を出て道に出、秀士館に向かう。

四

秀士館のある日暮里《にっぽり》は、江戸の者がつけた通称のようなものである。日が暮れるのも忘れるほど風光明媚《ふうこうめいび》な里という意味だと、菫子は聞いている。秀士館が建っているのは、正しい地名でいえば新堀村《にいぼりむら》である。

八丁堀の組屋敷をあとにしてから一刻近くたち、このあたりの名物となっている崕雪頽《がけなだれ》が正面に見えている。

高さが三丈以上もあるなだらかな崖が、南北に広がっているのだ。菫子から見えている限りでも、崖の長さは優に半里以上もあるのがわかる。

ここまで来れば、と菫子は思った。秀士館は間近である。すでに、冠木門と敷地内のいくつかの建物が見えていた。

菫子が師範代をつとめる道場は敷地の奥にあるが、それも視界に入ってきている。

さらに菫子は足を進めた。

秀士館まであと半町ほどというとき、冠木門を出てきた者があった。菫子は足を運びつつ目を投げた。見覚えのない男である。

身なりからして、どうやら商人のようだ。秀士館に出入りしている人なのだろう、と菫子は見当をつけた。

だが、男との距離が縮まるにつれ、おや、と軽く首をひねった。商人といえども剣術の心得がかなりのものらしく、相当に腕が立つ男であると知れたからだ。足の運びがそれを物語っていた。

——もしかしたら、あの人は道場の門人かしら……。

これほどの腕を持つ人なら、師範代もつとまるかもしれない。もし門人であるなら、なにかわけがあって、早引けしようとしているのかもしれない。

しかし、その商人らしい男が菫子の知らない者であるのは紛れもなかった。

男とすれちがう際、菫子は軽く頭を下げた。

「もしや菫子さまですか」

いきなり声をかけられ、菫子はびっくりした。えっ、と面を上げて男を見直す。

——私を知っているのなら、この人はやはり門人なのだろう……。

「はい、さようです。私は荒俣菫子でございます……」

——私とまだ会ったことのない門人がいたのかしら。

菫子はどぎまぎした。丸い輪郭をし、ふくよかな頬を持つ三十過ぎと思える男をじっと見る。

——思い出せない……。

男のほうが菫子を知っているのなら、きっと道場で会っているにちがいない。

——それなのに、私は挨拶もかわしていないのだろうか……。

手のひらに、じっとりと汗が浮いた。そんな菫子を見つめて、ははは、と男が快活に笑った。

「菫子さま、いろいろとお考えになったご様子ですが、手前と会うのは初めてでございますよ」

丁寧にいって、男が頭を下げてきた。

「えっ、ああ、さようでございましたか」

ほっとして菫子は息をついた。

「手前は米田屋《よねだや》琢ノ介《たくのすけ》と申します」

豊かな頬に穏やかな笑みをたたえて、男が名乗った。

「ああ、米田屋さんでございますか」

大きな声を上げて、菫子は琢ノ介をまじまじと見た。

「お噂は、かねがねうかがっております」

「その噂というのは、湯瀬《ゆせ》や倉田《くらた》からでしょうか」

「もちろんです」

鬢《びん》をかいて、琢ノ介が苦笑する。

「あの二人は口が悪いですから、どうせろくでもないことをいっているのでありましょうな。手前を悪《あ》しざまにいっているに相違ありません」

「とんでもない」

あわてて菫子は顔の前で手を振った。

「あのお二人は、いつも口を極めて米田屋さんを褒めていらっしゃいます。米田屋さんは、とても頼りになるともおっしゃっています。安心して背後を任せられる男だと……」

それは真実である。直之進《なおのしん》と佐之助《さのすけ》の二人は琢ノ介とともに何度も修羅場をくぐり抜けてきたらしく、心から信頼を寄せているのが口ぶりから知れたのである。

今は米田屋という口入屋のあるじだが、もともと琢ノ介は侍だったらしいのだ。

「ほう、さようでございますか。それが本当なら、まことにうれしいですな」

菫子を見つめて、琢ノ介がにこにこした。

「本当でございますとも」

力強い口調で菫子は請け合った。

「でも米田屋さん。よく私が荒俣菫子であるとおわかりになりましたね」

それですか、と琢ノ介がいった。

「薙刀とおぼしき袋を担いでいらっしゃいましたので……」

「ああ、これですか」

菫子が薙刀の入った袋に手をやった。

「手前も菫子さまのことは、湯瀬たちから聞いておりますよ。もちろん、よい話ばかりでございます」

「ああ、それはうれしいですね」

にこやかに菫子はいった。

「今日、米田屋さんは、商売かなにかで秀士館にいらしたのですか」

「さようにございます」

琢ノ介が大きくうなずく。

「食堂で働ける人手がほしいと、館長の佐賀《さが》さまから頼まれまして……」

「食堂で……」

「昼餉の際、塾生や門人たちが押し寄せてくるらしく、食堂は相当に忙しいようですな」

「その通りだと思います。なにしろ、あの食堂はとてもおいしいですし……」

「忙しさのあまり、食堂で働く人たちはてんてこ舞いになっているらしいのです」

「それは私もわかります。食堂はとても大変だと思います。よい人が入ってくれれば、さぞかし助かりましょう」

「佐賀さまからは、腕のよい調理人を三人、見つけてほしいといわれました」

「三人も……」

「必ずよい人を見つけてきますよ」

「よろしくお願いいたします」

菫子は深く頭を下げた。

「菫子さまもいろいろと大変でしょうが、がんばってください。手前は、心から応援しております」

「ありがとうございます」

「では、これにて失礼いたします」

琢ノ介としてもここでいつまでも油を売っているわけにはいかず、これから商売に精を出さなければならないのだろう。

一礼して琢ノ介が去ろうとする。

「あの、米田屋さん」

菫子は琢ノ介の背中に声をかけた。

「お忙しいところお引き止めして申し訳ないのですが、もしやなにかよいことがあったのですか」

唐突な感じで菫子にきかれ、琢ノ介が驚きの顔を見せた。瞠目《どうもく》して菫子を見る。

「菫子さま、なにゆえおわかりになるのですか。それがしとは先ほど初めて会ったばかりというのに……」

「米田屋さんがずいぶん張りのあるお顔とお声をされているなあ、と思ったものですから。人というのは、喜びがあふれていると顔や声に出るものですが、米田屋さんからはそれが特に感じられたのです」

「つまり、喜びを隠しきれていないのでございますね」

「ええ、さようにございます」

菫子をじっと見て、琢ノ介が喉仏をごくりと上下させた。

「手前の心の張りになっているのは、妻の懐妊《かいにん》でございましょう」

えっ、と菫子は思った。

——米田屋さんにもお子ができたのか……。

「それは、まことにおめでとうございます」

うらやましくてならなかったが、祝福の言葉が自然に口をついて出た。

「ありがとうございます」

「あの、米田屋さん。お内儀といわれると、おあきどのでございますか」

直之進から前に聞いた琢ノ介の妻の名を思い出して、菫子は口にした。

「よくご存じで……」

琢ノ介が目を丸くする。

「我が女房の名を話したのも、湯瀬でございますか」

にこりとして菫子は顎を引いた。

「米田屋さん、お子が生まれるのならば、まことに仕事に精を出さねばなりませんね」

「おっしゃる通りでございます。手前があとどのくらい、この口入屋という商売を続けられるかどうかわかりませんが、できるなら、妻の腹に宿った命が長ずるまで、やっていきたいと考えておりますよ」

「米田屋さんなら、きっとできましょう。私が太鼓判を押します」

「菫子さまにそうおっしゃっていただけると、まことに心強い。本当にできるような気になってまいります」

「できますよ」

口元に笑みをたたえて菫子はいった。

「お子ができたのを、湯瀬さまや倉田さまにはお伝えしたのですか」

「ええ、先ほど道場に寄り、伝えてまいりました」

「お二人とも、とても喜ばれたのではありませぬか」

「まるで我が事のように喜んでくれました。特に湯瀬が……。欣喜《きんき》雀躍《じゃくやく》の態《てい》とは、先ほどの湯瀬のような所為《しょい》を指すのではないかと、手前は思いました。自分は、とてもよい仲間に恵まれました」

実感のこもった声音《こわね》で琢ノ介がいった。

「それはよかった」

菫子はにこやかに笑んだ。

「では菫子さま、これにて失礼いたします」

改めて琢ノ介が深々と頭を下げてきた。菫子も腰を折った。

「このような場所で立ち話もなんでしたが、とても楽しゅうございました。米田屋さんに会えて、本当によかった」

「こちらこそ、菫子さまにお目にかかれてとてもうれしく思いました。まさに望外の喜びでございます」

失礼いたします、と断って琢ノ介が体《たい》を翻《ひるがえ》す。

琢ノ介は強く冷たい風に逆らうように歩きだした。

──向かい風か……。

しかし、新たな命の宿りを知った琢ノ介はどんな逆風も物ともせず、これからも立ち向かっていくのではないか。

──子というのは、それだけの力を与えてくれるのだろう……。

いつかは私にも子ができるのだ、と菫子は思っていた。だが、いつまでたってもその兆しはなかった。

養子を入れれば荒俣家は存続するが、やはり血のつながった子という思いが、菫子には強かった。

──でも、もはやその望みは捨てるしかないでしょうね。

ため息をつきつつ、菫子は秀士館を目指した。

そのときまたしても地鳴りがした。地面が揺れ、菫子はしばらくその場を動かずにいた。背後を見やる。一町ほど先にいる琢ノ介も足を止め、じっとしているようだ。

やがて地震はおさまった。大事に到らずによかった、と思ったものの、段々と地鳴りと地震に慣れてきている自分を菫子は感じた。また琢ノ介のほうを眺めた。

琢ノ介は、何事もなかったように歩きはじめていた。

深く息を吸い込んで、菫子も秀士館の冠木門を目指した。

五

鋭い気合とともに、門人が猛然と竹刀《しない》を振り下ろしてきた。

――ずいぶん伸びたな。

内心で門人の腕前を褒めたたえつつ、湯瀬直之進はその打ち込みを軽々と弾き返した。

門人の両手が浮き上がりそうになり、胴に隙ができた。そこに打ち込むのはたやすかったが、直之進は竹刀を振らなかった。

門人に哀れみをかけて、その隙を見逃したわけではない。近くで倉田佐之助も門人との打ち込み稽古をしているのだが、門人の竹刀を受け止めた佐之助がわずかによろけた姿が、直之進の目の端に入ってきたのだ。

なんと珍しい、と我知らず直之進は目をみはり、竹刀を振り忘れたのである。

――倉田は、どこか体の具合が悪いのではないか。

そんな思いが、直之進の脳裏をよぎっていった。でなければ、佐之助ほどの遣い手があのような体勢の崩し方をするはずがない。

どうりゃあ、と目の前で激しい気合が響き渡った。むっ、と見ると、門人が直之進に向かって竹刀を振り下ろしてきている。

別にあわてもせずに、直之進は門人の竹刀をがっちりと受け止めた。鍔《つば》迫《ぜ》り合いになる。その間も直之進は、佐之助の動きを目で追っていた。

さすがの足さばきで、佐之助が門人の連続攻撃をいなしている。その動きを見る限り、いつもの佐之助としかいいようがない。

――ふむ、大丈夫のようだが……。先ほどは、汗で足を滑らせただけか。

直之進は丹田《たんでん》に力を込め、ぐいぐいと押してくる門人を一気に押し返した。門人が、ううぅ、と苦しげな声を発《の》した。

ここで耐えきれずに飛び退いたら、直之進は門人に容赦ない一撃を浴びせるつもりだった。門人は、必死の形相で再び直之進を押してきた。

――それでよい。

心中でうなずき、直之進はさっと後ろに跳びすさった。門人が狙い澄ました胴を放ってきた。鍔迫り合いからの離れざまに攻撃するのは、剣術の常道である。

目の前の門人が放ったのは、かなり腕の立つ者でも、かわすのは難しい一撃だった。それだけの鋭さを秘めていた。

ここで打たれてやったら、門人が喜ぶのはわかっていた。だが、わざと打たれれば、すぐに覚《さと》るであろう。それは直之進としては避けたかった。

竹刀を振るって、直之進は門人の斬撃をびしりと打ち返した。門人が悔しそうな顔になった。

少し息を入れて、直之進は竹刀を正眼に構えた。そのまま動かずに、佐之助の姿を視野に入れる。

佐之助は門人と激しくやり合っている。よろけたのはあのときの一度きりで、どうやらいつもの姿を取り戻しているように見えた。

──やはり、なにもなかったか……。

よかった、と直之進は安心した。その途端、どうりゃあ、と激しい気合が耳に届いた。顔を上げると、門人が竹刀を上段から振り下ろしてきたところだった。

──おっ、いいぞ。

これまでにない鋭い斬撃だった。先ほどの鍔迫り合いのあと、もしや一段、腕が上がったのではあるまいか。

竹刀を持ち上げ、直之進は門人の斬撃をがっちりと受け止めた。すぐさま門人が逆胴《ぎやくどう》に竹刀を振ってくる。

直之進は難なく弾き返し、門人の面を狙っていった。歯を食いしばって直之進の竹刀を払いのけると、門人が負けじと竹刀を胴に振ってきた。

その斬撃を、直之進は竹刀で叩いた。ばん、と門人の竹刀が震える。手のうちで激しく振動した竹刀を、門人があわてて握り直した。両手を上げ、竹刀を正眼に構えようとする。

だが、その前に直之進は深く踏み込み、門人との距離を一尺ほどまで縮めていた。にやりと笑いかける。

あっ、と狼狽の声を上げ、門人が右手に逃れようとする。だが次の瞬間、直之進の竹刀が門人の横面《よこめん》に決まっていた。

がつっ、と音が立ち、後ろに吹っ飛んだ門人が尻餅をついた。目を回したようで、床に横倒しになる。

――ちとやり過ぎたかな。

足早に直之進は、倒れた門人に近づき、面の中の顔をのぞき込んだ。

「大丈夫か」

声をかけると、門人がぱちりと目を開けた。眼差しが直之進に注がれる。びっくりしたように起き上がった。

「はい、大丈夫です」

床に端座して、門人が答えた。

「伊勢之助《いせのすけ》、強くなったな」

若い門人である川端《かわばた》伊勢之助を、直之進は心から褒めた。

「まことですか」

「ああ、まことだ」

伊勢之助が顔を輝かせる。

「うれしいな……」

はにかむように伊勢之助が笑ったとき、時の鐘が鳴ったのを直之進は聞いた。

あれは四つの鐘であろう。

――ふむ、腹が空いたな。まだ四つか。昼まであと一刻あるか。

今日はどういうわけか、直之進は稽古が長く感じられた。

――体調は悪くないが、どうも気が乗らぬ。

琢ノ介から子ができたと知らされ、とてもうれしい気持ちになったのに、これはいったいどうしたわけか。

――なにかよくないことが起きる前触れかもしれぬ……。

そのときまた地鳴りが聞こえた。突き上げるような地震がそのあとに続いた。

道場内がざわついた。皆、稽古の手を止めて様子をうかがっている。

——これがおそらく胸騒ぎのわけであろう。

天変地異が起きるといわれているときに同じ敷地内とはいえ、妻や子と離れているのが不安だからではないか。

——倉田がよろけたのも、そういう気持ちがあるからではないか。

佐之助の場合、音羽町《おとわちょう》に買った家で、妻の千勢《ちせ》と子のお咲希《さき》とともに暮らしている。やはり二人のことが頭から離れないのではあるまいか。

なにごともなく地震はおさまった。誰もが安堵の息をつき、再び稽古がはじまった。

きえい、とひときわ鋭い女の気合が直之進の耳に届いた。

——ああ、菫子どのもやってきたか。

道場の端で、菫子は薙刀を手に稽古をしていた。菫子の相手も門人の一人である。

岩岸四郎太《いわぎししろうた》といい、薙刀こそ最も強い得物《えもの》であると壮語《そうご》する男だ。

四郎太は、母から手ほどきを受けて、幼い時分よりずっと薙刀の鍛錬を続けてきたそうだ。束脩《そくしゅう》無用で道場で稽古ができるという理由で秀士館に入ってきたらしいが、刀の腕前も、もともとかなりのものである。

だが、薙刀の稽古ができるようになったのを一番に喜んだのは、まちがいなく四郎太であろう。

四郎太は、菫子なにするものぞ、とばかりの気概にあふれている。その思いが、直之進にもはっきりと見て取れた。

実際、今も四郎太が菫子に向かって攻勢を仕掛けていた。踏み込み踏み込みしては、薙刀を振るっている。

ときおり鋭い気合を発してはいるものの、菫子は四郎太の勢いに押される形になっており、前にはまるで出られない。ひたすら守りに徹している。

幼い頃から薙刀を習ってきたというだけあって、四郎太の技の切れと迫力はなかなか大したものだ。あれに竹刀で勝つのは難儀であろうな、と直之進は思わざるを得なかった。

もっとも、腕のちがいは明らかで、菫子は汗一つかいていないようだ。

菫子の目の動きをうかがうと、四郎太の足の運びから次の斬撃《ざんげき》を予見しているらしい。どうやら、四郎太がどんな技を用いようとしているのか、菫子はいち早

く見抜いているようだ。的確に薙刀を動かしては四郎太の斬撃を打ち払ってい
る。
直之進が見る限り、菫子からは、危うさというものがまったく感じられなかっ
た。
——四郎太を倒そうと思えば、いつでも倒せるのであろうな。
その自信が菫子の全身からにじみ出ているのが、知れた。
いくら攻撃を仕掛けても当たらないのに業《ごう》を煮やしたか、四郎太の振りがやや
大きくなってきた。
——あれはいかぬな……。
四郎太の様子を見て、直之進は心中でかぶりを振った。
——菫子どのに、痛い目に遭わされるかもしれぬ。
四郎太が、上段から薙刀をぶんと振ったが、それがこれまでとはちがって大振
りになっていた。
そのせいで、少し前のめりになったぶん、左の脇腹に大きな隙ができた。
——菫子どのを誘ったか。
四郎太がわざとつくった隙である。薙刀を打ち込むかと思ったが、余裕たっぷ

りに菫子がその隙を見逃した。すぐさま薙刀を構え直した四郎太が、くっと唇を嚙み、面の中で悔しげな顔を見せた。

――ほう、打ち込まなんだか。

四郎太はどういう手を使おうとしたのだろう、と直之進は考えた。

――打ち込んでくる菫子どのの斬撃をかわすやいなや、下段から薙刀を振り上げようとしたのだな……。

それを菫子は見抜いたのだ。腕の差を思えば、当たり前であろう。

――いくら四郎太のつくった隙だといっても、結局は菫子どのの打ち込みのほうが速かったと思うが……。

もし菫子が薙刀を左の脇腹に打ち込んでいったら、四郎太がどんな技を使う気でいたとしても、かわしようがなかっただろう。

それは菫子もわかっているはずである。それにもかかわらず、菫子は打ち込んでいかなかった。

――なにか意図《いと》があるのだろう。

その後も四郎太は必死に攻勢を仕掛け続けたが、すべて無駄に終わった。最後は力尽き、その場に座り込んだ。

四郎太の前に菫子がしゃがみ込んだ。息も絶え絶えになっている。薙刀を持っているのも辛そうだ。

「よくがんばりましたね」

優しい声を菫子がかけたのが、直之進に聞こえた。

「えっ」

鞴《ふいご》のような息を吐きつつも、四郎太が驚きの目を菫子に向ける。

「これからもがんばってください」

いま薙刀の門人は全部で五人いる。そのうちの三人が女性である。

「四郎太さん、ほかの人たちにも教えてあげてくださいね」

「は、はい。わかりました」

四郎太が素直に点頭《てんとう》した。その様子を眺めて直之進は、菫子どのには、と思った。人を包み込むような優しさがある。

——あの気立てのよさは、教える身としてきっと大きな武器となろう。

満足の思いを得て、直之進も剣術の稽古に戻ろうとした。一人の若い門人を選び、打ち込み稽古をはじめた。

そのとき、またしても地鳴りが聞こえてきた。道場の喧噪《けんそう》にも負けない音である。その音を耳にした直之進の脳裏を、妻のおきくと一粒種の直太郎《なおたろう》の顔がかすめていく。

――決して大きな揺れにはならぬ。

竹刀を構えつつ、直之進は念じた。今度は、門人たちは稽古の手を止めなかった。大地震にはならないという確信が、誰の心にも芽生えてきているようだ。

実際、揺れはほとんどなく、建物がきしむような音も立たなかった。

よかった、と直之進は息をついた。その瞬間を狙ったかのように、若い門人が打ちかかってきた。

だが、その打ち込みは軽かった。小手先だけで竹刀を振ってきていた。

直之進は右手のみで、その斬撃を払いのけた。びしっ、と音が響き、若い門人がよろめいた。

それを逃さず、直之進はぴしりと面を打ち据えた。あっ、という声を上げて門人が床の上にへたり込んだ。

直之進は若い門人に近づいた。

「逸之丞《いちのじょう》、もっと深く踏み込まねばいかぬ。上体だけで振っても、竹刀は相手に届かぬ」

まだ打たれた衝撃が去らないのか、逸之丞が呆然と直之進を見上げてくる。

「わ、わかりました」

「とにかく、恐怖を抑えて踏み込むのが肝心だ。深く大きく踏み込む。それをひたすら考えて稽古に励め」

「承知いたしました」

ようやく衝撃が消えたか、逸之丞がきっぱりとした声で答えた。

「さあ、立ち上がれ」

手を伸ばし、直之進は逸之丞を引っ張った。その場に立った逸之丞が、まぶしげな目で直之進を見る。うれしそうに小さく笑う面の中の顔は、まだ幼かった。

——まだ十七、八というところだろう。つまり、逸之丞には、それだけの伸びしろがあるのだ……。

そのことに、直之進はうらやましさを覚えた。おぬしの若さがまぶしくてならぬのは俺のほうだ、と思った。

六

直之進が食堂の畳敷きの上に座り込み、佐之助と向かい合って昼餉をとっていると、膳を持って菫子がやってきた。菫子にしては珍しく、少し浮かない顔をしていた。

「こちらに座ってもよろしいですか」

直之進の隣を、菫子が指さした。

「むろん」

菫子のために直之進は少し横にずれた。

「済みません」

軽く頭を下げて菫子が畳の上に膳を置き、端座した。

今日の昼餉の献立《こんだて》は鯖《さば》の塩焼きにわかめの味噌汁、たくあんに梅干し、湯豆腐というものである。どれもおいしくて、直之進は箸が進んだ。佐之助もがつがつと食べていたが、いつもより無口だった。

直之進たちは食事を終え、茶を喫した。

やがて菫子も箸を置き、茶を飲んだ。

「ああ、おいしかった」

うれしそうにいって菫子が両手を合わせた。

「ごちそうさま」

「ここの飯はまことにうまいよな」

直之進は菫子に笑いかけた。

「ええ、本当に」

今も大勢の門人たちが食事をしている真っ最中である。

「今日、ここに来るときに米田屋さんにお目にかかりました」

「ああ、なんでも、食堂の奉公人の募集について館長に呼ばれたといっていたな」

「この食堂の人手が足りぬのも、よくわかります」

食堂内を見渡して、菫子がいった。

「まったくだ。米田屋なら、きっとよい人材を見つけてくれるだろう」

「私もそう思います」

直之進を見て菫子が同意した。

「ところで荒俣師範代――」

ききたいことがあると、直之進は菫子にいった。

「はい、なんでございましょう」

かしこまって菫子がきく。

「先ほど俺は荒俣師範代の稽古ぶりを見ていたのだが、四郎太を相手にしたとき、なにゆえ一度も打ち据えなかったのだ。その機会はいくらでもあったと思うが」

「湯瀬師範代は、私たちの稽古をご覧になっていたのですか」

「薙刀というのは刀しか知らぬ俺にはとても珍しいし、斬撃にはすさまじい迫力があるゆえ、どうしても目を奪われる」

「さようでございますか」

「別に、そなたの稽古ぶりにけちをつけているわけではないぞ」

「それはよくわかっております」

柔和な笑みを菫子が頬にたたえる。ほかの誰にも聞こえないように、小声で話し出した。

「四郎太さんの自信満々の鼻をへし折るのはたやすいのですが、あの手の人は一度負けると、なかなか立ち直れぬものと相場が決まっております。それならば、四郎太さんのよいところをできるだけ伸ばしてあげようと、私は思っているのです」

「なるほど」

その気持ちは直之進にもよくわかる。

「四郎太さんの長所は、上段からの振り下ろしです。あれには驚くほどの威力があります。鍛えれば、あの振り下ろしはもっと鋭くなりましょう。でも、四郎太さんにはそれだけの体力が、まだありませぬ。それをつけさせるために、今は徹底して薙刀を振らせるのがよいのではないかと私は考えています」

「そのために、荒俣師範代は受けに徹しているのか」

はい、と菫子がうなずいた。

「薙刀は軽い物ではありませぬ。振れば振るほど体力はついてきましょう」

「荒俣師範代の狙いはわかった。では、四郎太がわざとつくった隙を見逃したのはなにゆえだ」

これは佐之助がたずねた。倉田も見ておったのか、と直之進は少し驚いた。菫子も少し目をみはった。

「あれは、小手先の技としか思えなかったからです。あの技は、おそらくこれまではうまくいっていたのでしょう。しかし、あのような技を使ったところで、四郎太さんは伸びませぬ。小手先の技を使うより、今は太い幹を育てるべきときだと思うのです」

「そのことを思い知らせるのに容赦なく打ち据えるのも悪くない手だと思うが、荒俣師範代がそれをしなかったのは、天狗の鼻をくじかれた四郎太が、立ち直るのにときがかかるとわかっておるゆえだな」

「おっしゃる通りです」

菫子が佐之助に顎を引いてみせた。

「俺は荒俣師範代と刃をまじえているが、薙刀という得物は、まことに閉口するほどの威力を秘めておるものな。なにゆえあれほどの武具が廃《すた》れたのか……」

「倉田さま、重くて持ち運ぶのに不便だからではありませぬか」

「ああ、そうかもしれぬ」

それからしばらく、直之進たちは剣術談義をした。楽しかったが、そろそろ道場に戻ろうかというとき、菫子が別の話題を持ち出してきた。

「今朝、富士太郎さんのご内儀の様子を見てきましたよ」

「ああ、智代さんに……。順調かな」

「ええ、すこぶるよいようです。一緒に産婆さんもいたのですが、あと数日もかからぬうちに生まれるのではないかというお話でした」

「あと数日か」

ついに富士太郎さんも父親になるのだな、と直之進は感慨深く思った。

——以前は富士太郎さんになつかれて、いや、惚れられて大変だったが、それも今は昔の話だな……。

あんな時分があったなど、いま思えば嘘のようだ。

「では、私はお先に失礼いたします」

膳を持ち、菫子が立ち上がった。俺も、と直之進も立とうとした。

「湯瀬、ちょっと待ってくれ」

佐之助に引き止められ、直之進は座り直した。一礼して、菫子がその場から去った。

「どうした、倉田」

佐之助はどこか浮かない顔をしている。やはりなにか悩みごとでもあるのか、と直之進は考えた。

――まさか、お咲希ちゃんや千勢どのになにかあったのではあるまいな。

だが直之進はなにもいわず、佐之助が口を開くのをじっと待った。

「湯瀬、きさま、俺が妙な具合なのは、わかっておるな」

面を上げて佐之助がいった。俺が目の端で見ていたのを知っておったか、と直之進は思った。

――さすが倉田としかいいようがないな。

「俺がそういう風になっておるのは、きさまのせいだ」

いきなり佐之助に決めつけるようにいわれ、直之進は仰天するしかなかった。

「どういうことだ」

すぐさま立ち直り、直之進は身を乗り出してきいた。

「俺は、きさまよりずっと弱くなった。いや、俺が弱くなったのではないな。きさまが強くなったのだ。俺ときさまでは、今は腕の開きがだいぶある」

「えっ、そうか……」

顔をしかめて直之進は首をひねった。その点についてあまり感じたことはない。

「そうなのだ」

強い声で佐之助がいった。

「俺ときさまの腕の開きは、もはや明らかだ。今の俺では、きさまと五回の勝負をして、まちがいなく四度は負けよう」

その言葉に直之進は瞠目した。

「そこまでの開きはあるまい」

「いや、あるのだ」

断固たる口調で佐之助がいった。

「俺は、きさまにだけは負けたくない。それゆえ、武者修行の旅に出ようかと考えているのだ」

「なにっ」

思いもしない言葉だった。

「まことに武者修行を考えておるのか」

「考えておる。でなければ、きさまにじかに話はせぬ」

「驚いたな……」

直之進の口からは嘆声しか出てこない。

「俺には、きさまが追い越し、さらに遥か遠くに行ってしまったという焦りがあるのだ。それをなんとかして埋めたくてならぬ」

どうやら、佐之助は本気でそう考えているようだ。

「武者修行はよいとしても、千勢どのやお咲希ちゃんはどうするのだ。江戸に置いて、一人で修行に出るつもりか」

「それで悩んでおる」

うつむき、佐之助がぽつりといった。

「しかも、江戸は今、天変地異の前触れではないかといわれておる時期でもあるしな」

大事な家人《かじん》を、地鳴りや地震が頻発している今、置いていく真似ができるわけがない。それが佐之助の悩みの種になっているようだ。

――しかし、この男は、そうまでして強くなりたいのか。

直之進は驚嘆するしかない。

――俺はどうなのか。

翻って直之進は自分について思案してみた。

――もし倉田に差をつけられたとして、そこまでやる気になるものだろうか。

すぐに答えは出た。

——やるかもしれぬ。いや、必ずやるだろう。やはり倉田には負けたくない。腕を上げなければ、と焦りを覚えるにちがいない。

「倉田の人生だ」

佐之助を見据えて直之進は告げた。

「自分がしたいようにするのが最もよい手立てだろう。だが、人生というのは、そうたやすくいかぬ。おぬしの悩みどころも、そこにあるのだな」

「その通りだ」

ふっ、と佐之助が笑いを見せた。唐突な感じがし、直之進は意外な思いにとらわれた。

「少し気が軽くなった」

直之進を見て佐之助がつぶやいた。

「武者修行に行くと決めたのか」

「そうではない」

首を振って佐之助が否定する。

「先ほどまでとは異なり、心持ちがすっきりしたのだ。きさまに話して、気分が晴れたようだ」

「倉田、千勢どのには話したのか」

「いや、まだ話しておらぬ」

唇を噛んで佐之助がかぶりを振った。

「もし倉田が武者修行に出るとなれば、お咲希ちゃんは寂しがるだろうな」

「俺も寂しい」

奥歯をぎゅっと噛んで佐之助がいった。

「以前の俺は一人でいても孤独など一切、感じなかった。だが妻子を持った今、孤独の意味がはっきりとわかる。一人で武者修行に出たとき、いったいどれほど寂しいものか。まだ旅に出ておらぬのにもかかわらず、それが身をもってわかるのだ。その寂しさは、身震いが出るほどだ」

――もし俺が武者修行に出るとしたら、同じ気持ちに襲われよう……。

痛いほどに佐之助の思いが直之進に伝わってきた。

目を上げて佐之助が直之進を見た。

「一人で悩んでいてもしようがない。千勢とお咲希にも相談してみる」

うむ、と直之進は首肯した。

「それがよかろう」

いま佐之助はそういう決断に達したのだ。ということは、と直之進は考えた。

——俺は、倉田の迷いに少しでも役に立てたのだろうか……。

それなら望外の喜びなのだが、と直之進は強く思った。

第三章

一

胸を一突きにされた上、顔を潰された死骸は猪野口熊五郎という男だと思えるが、今のところ、まだ確証はない。

今朝、南町奉行所に出仕したのち、その一件の探索に出た富士太郎はこの日の午前中、池之端七軒町に行き、猪野口熊五郎が家に戻ってきていないか、まず確かめた。

案の定というべきか、家には相変わらず錠が下りたままで、富士太郎の訪いに応える者もいなかった。家が不在であるのは疑いようがなかった。

殺されて顔を潰された男は、やはり猪野口熊五郎であると富士太郎は断定した。

熊五郎の家を離れるや、珠吉、伊助と手分けして聞き込みをはじめた。

池之端七軒町や、熊五郎の家の前の持ち主だった薬種問屋の橋田屋が店を構える根津宮永町を主に当たった。

むろんそれだけでなく、界隈の根津権現門前、下谷《したや》茅町《かやちょう》一丁目や二丁目にも足を運んだ。

熊五郎は、どのような者と付き合いがあったか。薬種問屋の橋田屋のあるじ篤右衛門がいう通り、熊五郎には本当に妾はいなかったのか。

妾でなくとも、身の回りの世話をする者はいなかったのか。

馴染みの女郎宿はなかったのか。よく行っていた食べ物屋はどこなのか。

酒は飲んでいたのか。飲んでいたとして、行きつけの居酒屋はなかったのか。

それとも、近くの酒屋から酒を買っていたのか。

道楽はなんだったのか。家の庭いじりなどはしていたのか。

熊五郎の人となりがわかり、交友関係を知る手がかりを得られれば、なんでもよかった。それらのことを富士太郎たちは、町の者たちに片端からきいて回った。

やがて昼の九つの鐘が鳴り、それを合図に富士太郎たちは池之端七軒町にある蕎麦屋の出石屋《いずしや》に集まった。

聞き込みの成果として富士太郎たち三人が得たものは、次のような事柄である。

熊五郎には近所付き合いはなく、妾は本当にいなかった。

身の回りの世話をする者も、つけていなかったようだ。

繁《しげ》く通っていた女郎宿があったかどうか、それに関しては調べがつかなかった。

食事については、熊五郎は根津宮永町にある久山《ひさやま》という一膳飯屋をことのほか気に入っていたらしく、よく食べに行っていたようだ。

久山がやっていないときは、家の近くにやってくる屋台の寿司や天ぷらで手軽に済ませていたらしい。

池之端七軒町にある家の近所には三軒の酒屋があるが、それらに熊五郎が酒を買いに来た形跡はなかった。

近くの居酒屋には、夕餉《ゆうげ》をとるためだけに来ていた。熊五郎は、酒を嗜《たしな》まなかったようである。

熊五郎の道楽らしいものははっきりしなかったが、庭いじりをしているのを見た者は一人もいなかった。

道楽かどうかわからないが、しょっちゅう出入りしていた書物問屋が根津宮永町にあった。悪津屋《あくつや》という店で、そこの奉公人によると、熊五郎は草双紙《くさぞうし》の敵《かたき》討ち物が好きで、よく購入していたという。

「おいらの調べでわかったのは、このくらいだね」

富士太郎は珠吉と伊助にいった。慎ましく生きていたらしい熊五郎の暮らしぶりはなんとなく知れたが、交友関係につながる手がかりは一つも得られなかった。

「ああ、そうだ」

懐に手を入れ、富士太郎は一枚の紙を取り出した。

「猪野口熊五郎は、どうやらこんな顔をしていたようだよ」

富士太郎は、蕎麦切りの膳の横に人相書《にんそうがき》を広げた。一膳飯屋の久山に行ったとき、熊五郎の顔かたちを小女《こおんな》に教えてもらい、描き上げたのである。

「ちょっと見せてもらっていいですかい」

温かな蕎麦切りを食していた珠吉が箸を止め、人相書を手に取った。

「なるほど、猪野口熊五郎はこういう相貌《そうぼう》だったんですねえ……」

人相書をしげしげと見て、珠吉がつぶやく。富士太郎はすでに人相書を見ずとも、熊五郎の顔を脳裏に思い描けるようになっていた。

ほっそりとした顔に貧相な耳がつき、垂れ下がった眉は太く、目は糸のように細い。頬骨が突き出ており、鼻は団子鼻で、上下ともに唇は薄い。

ふん、と珠吉が鼻を鳴らした。

「人相がよいとは、とてもいえませんね。これまでほとんど善事《ぜんじ》を行ってこなかったように見えますよ。多分、おのれのことしか頭にない男じゃありませんかね」

「だからこそ、なにか不法な真似をやらかして逃げる羽目になったのかもしれないね」

「さいですね」

蕎麦切りを、富士太郎はつるつると口に運んだ。ゆっくりと咀嚼《そしゃく》する。

「観撞先生によると、顔を潰された骸の歳は四十前後という話だったけど、近所の者たちも猪野口熊五郎は、そのくらいだといっていたよ」

聞き込みの末に手にした事実を、富士太郎は珠吉と伊助に語った。

「あっしの聞き込みでも、四十くらいではないかという者ばかりでしたね」

「手前も同じです……」

言葉を切り、伊助が珠吉の持つ人相書をのぞき込んだ。

「その人相書には、左の眉に傷跡らしいものが描かれていますね」

「うん、その通りだよ」

伊助を見て富士太郎はうなずいた。

「左眉の傷跡は一膳飯屋の久山で働く小女が覚えていたんだけど、検死の際に観撞先生から聞かされた言葉と一致するね」

「ええっ、傷跡が描いてあったんですかい」

驚いたように人相書を持ち上げ、珠吉が顔の間近で見直す。

「ああ、本当だ」

信じられないという声を、珠吉が上げた。

「左の眉に、しっかり傷が描いてありますね。迂闊《うかつ》にも、あっしはまったく気づかなかったですよ……」

情けない顔をして、珠吉が目をごしごしとこする。

その様子を見て、珠吉はまだ本調子ではないようだね、と富士太郎は思った。

――それとも、歳のせいで目の衰えが激しいのかな。傷跡を見落とすだなんて、珠吉らしくないものね……。

珠吉はどんぶりに少し蕎麦切りを残しているが、箸は手にしたままで動かない。かなり強い衝撃を受けたようだ。

「確かに観撞先生は、左の眉に刃物で斬られた傷跡があるとおっしゃっていましたね。あっしは、それすらも失念しちまっていた。もし傷跡のことが頭にあったら、まずは左の眉を確かめたはずなのに……」

悔しそうに箸を蕎麦切りのどんぶりに突っ込み、珠吉が首を力なく横に振る。

いち早く蕎麦切りを食べ終えた伊助が、箸を膳の上に置いた。

「樺山の旦那、でしたら、あの死骸は熊五郎と考えてよいのでしょうか」

居住まいを正して伊助が問う。

「うん、まずまちがいないだろうね。珠吉はどう思う」

「ええ、あっしもまちがいないと思います」

最後の蕎麦切りをすすり上げて、珠吉が答えた。どんぶりが空になる。

「では、顔を潰された仏は、猪野口熊五郎だと断定するよ」

「それでいいと、あっしは思います」

「手前のような者がいうのもおこがましいのですが、手前もお二人と同じ意見です」

伊助、と富士太郎は優しく呼んだ。

「おこがましいだなんて、いわなくともいいんだ。おまえさんも、今や探索の大事な一員なんだからね。自信を持って、口を利いてくれていいよ」

「は、はい、ありがとうございます」

うれしそうな笑みを浮かべ、伊助が礼を述べた。富士太郎は、珠吉と伊助に改めて目を当てた。

「おいらの調べでは、熊五郎を訪ねてくる者はいなかったようだね。少なくとも、客らしい者を見た者は一人としていなかった」

「熊五郎は、人目を避けるようにひっそりと暮らしていたみたいですね」

珠吉の言葉に、おっしゃる通りです、と伊助が相槌《あいづち》を打った。

「決して派手な暮らしぶりではなかったようです。熊五郎という人が贅沢したのは、あの家と結城紬の羽織だけみたいですね」

「おいらの調べでも同じだよ」

すぐさま富士太郎は伊助に同意した。

「よし、そろそろこの蕎麦屋を出てもいい頃合いだね」

「潮時でしょう。旦那、今から錠前屋の三賀左屋に行くんですね」

富士太郎を見つめて珠吉が確かめる。

「そうだよ。三賀左屋のあるじの征兵衛も、流山からもう戻ってきたんじゃないかな」

「帰ってきていると、いいですねえ」

富士太郎を見て珠吉がいった。

「きっと帰ってきているさ」

半刻近く、富士太郎たちはこの蕎麦屋にいた。

聞き込みの疲れが取れたのか、珠吉は力のみなぎった顔をしている。

——うむ、これなら動いても大丈夫だね。

珠吉は、やる気に満ちているように見える。富士太郎自身、疲労はろくに感じていない。若い伊助は元気満々の顔つきである。

珠吉が十分に休息を取ったと判断した富士太郎は、自らに気合をかけて立ち上がった。三人分の蕎麦代を小女に払い、ありがとうございました、との声に送られて出石屋の暖簾を外に払った。

伊助を先頭にして、富士太郎と珠吉三人は根津宮永町の三賀左屋に向かった。

五歩ばかり進んだところで、おや、とつぶやいた。どうしてか、体がよろめいたのだ。

もしかして地面が揺れているんじゃないかい、と思ったら、どーん、と地鳴りが地の底から聞こえてきた。

「あっ、まただ」

その直後、かなり大きな揺れがきて、通りにいた者たちが足を止め、あたりをこわごわと見回しはじめた。

富士太郎も足を踏ん張った。珠吉と伊助も腰を落としている。

ただし、地鳴りはそれ一度きりで、それ以上の揺れはこなかった。誰もが胸をなで下ろした顔で、再び歩きはじめる。

ふう、と富士太郎も息をついて足を踏み出した。珠吉も、富士太郎の後ろについて歩き出す。

「本当に天変地異は起きるんですかねえ」

背後で珠吉が不安そうにいった。

「この分だと起きる気がするねえ。これだけ地鳴りが頻発していて、起きないはずがないんじゃないかなあ」

振り向き、富士太郎は珠吉に話した。

「天変地異というと、いったいなにが起きるんですか」

伊助が振り返ってきいてきた。

「天変地異という言葉は、天空と地上とで起きる異変を指すそうだよ。まず考えられるのは、やはり大地震だね」

「大地震だけは勘弁してもらいたいですねえ」

ぼやくように後ろから珠吉がいった。富士太郎は前を向いたまま、声を張り上げた。

「鬼をも避ける珠吉といえども、地震は怖いのかい」

「鬼をも避けるだなんて、初めていわれましたね。そりゃ、あっしだって大地震は恐ろしいですよ。あっしが生きているあいだは、なんとしてもこないでほしいですね」

「でも、これだけしきりに地鳴りが起きている以上、大地震の起きる前触れだというのが、最も考えやすいんじゃないかい」

「まあ、さいですねえ」

うんざりしたように珠吉が認めた。

「しかし旦那は大丈夫なんですかい。よりによってこんなときに赤子が生まれようとしているんですぜ」

「確かに、お産のときに大地震が起きたら、どうすればいいだろうね」

——実際、もし本当にそんなことになったら、どうなるんだろう。

「なにも起きないのを、願うしかないね」

あの、といって伊助がさらに問うてくる。

「天変地異というと、大水もそうですか」

「ああ、そうだよ」

富士太郎は、伊助にうなずいてみせた。

「大水は地異のほうだろうね」

「ああ、なるほど。天変と地異に分かれるんですね」

伊助が納得したような声を発した。

「前に聞いたけど、日蝕《にっしょく》も天変らしいよ」

「日蝕というと、お天道《てんと》さまが見えなくなって、あたりが夜のようになってしまうやつですね」

珠吉が富士太郎にいった。

「どうもそうらしいね。日蝕というのをおいらは一度も見たことがないけど、珠吉はどうなんだい」

「六十年以上、あっしも生きてきましたけど、覚えはありませんねえ」

「日蝕になると、なにか災害でも起きるんですか」

気がかりそうな声で伊助がきく。

「前に書物で読んだんだけど、それがなにも起きないんだ。昼間なのに真っ暗になり、やがてそれも夜が明けるみたいに明るくなって、お日さまも姿を再び見せるそうだよ。ただそれだけらしい。泥棒にとっては、絶好の機会かもしれないけど」

「なにも起きないのに、天変なんですね」

「日蝕が、天の異変であるのはまちがいないからね」

「それなら、月蝕も天変なんですね」

「もちろんそうだろう。月蝕はおいらも二度ばかり目にしているね。天変という気はしなかったなあ。初めてのときは、さすがに目を奪われたけど……」

「そういえば、雷も天変の一つらしいですよ」

珠吉が後ろからいった。

「えっ、雷がかい」

さっと振り向いて、富士太郎は珠吉に眼差しを注いだ。

「そいつは初耳だね。雷なんて、夏になれば、よくごろごろと鳴るじゃないか」

「雷が鳴るときも黒雲がわさわさと寄り集まって、空が一気に暗くなったりするじゃありませんか。その上、空を斬り裂くように稲妻が走りますよね。ですから、あれも天変なんですよ」

「なるほどね。雷といえば雷獣《らいじゅう》がつきものだし、まちがいなく天変だねえ。ほかにも、大風や大雨も天変らしいよ」

「とにかく、天の機嫌が悪そうなものは、だいたい天変なんですね」

合点《がてん》がいったような声を伊助が出した。

「そうなるようだね」

「地異のほうは、どんなものがあるのですか」

新たな問いを伊助が口にした。

「さっき伊助がいった大水もそうだし、大地震のほかには津波、噴火も地異じゃなかったかな」

「津波に噴火ですか……」

おののいたように伊助がいった。

「江戸を大津波が襲ったら、さぞかし怖いだろうね」

「江戸には津波がきたことがあるんですか」

「江戸に幕府が開かれてからは、一度もないと思うよ。その前がどうなのか、おいらは知らないけど」

「つまり、江戸は津波がくるような場所ではないんでしょうか」

「神君家康公《しんくんいえやすこう》もそのあたりについてはじっくりとお考えになって、この地に幕府を開いたのかもしれないね」

「それでしたら、東照大権現《とうしょうだいごんげん》さまのお力でもって、是非とも津波や大地震は封じてほしいですね」

「まったくだよ」

富士太郎は首を上下させた。

そのときには、すでに三賀左屋の前まで来ていた。

二

冷たい風に揺れている暖簾に近づき、富士太郎は訪いを入れた。

暖簾を払って、暗い土間に入り込む。

「いらっしゃいませ」

一段上がったところに帳場格子《ちょうばごうし》があり、そこから土間に下りてきたのは、昨日も店番をしていた女房である。

「ああ、これはお役人」

富士太郎を認め、女房が恐縮したように腰を折る。

「本日もわざわざご足労いただき、まことに申し訳ありません」

「いや、これがおいらの仕事だからね。あるじは戻ってきたかい」

「はい、先ほど」

笑みを浮かべ、女房が弾んだ声を出した。

「それはよかった」

富士太郎は、ふう、と安堵の息を漏らした。

「亭主が帰ってきてすぐに、猪野口さまの件はお話ししておきました」

「それはまことにかたじけない。今あるじはどうしているんだい」

「済みません。おなかを空かせて帰ってきまして、昼餉《ひるげ》を食べている最中なんです」

いわれてみれば、と富士太郎は思った。店の中には、味噌汁のにおいが漂っている。

——よいだしのにおいだね……。

「うちの亭主は食べるのは早いものですから、すぐに済むと思います。どうぞ、そちらに腰をおかけになってください」

女房が左側を指し示す。土間の端に長床几《ながしょうぎ》が置かれていた。

「珠吉、せっかくだから座らせてもらいな」

富士太郎が勧めると、珠吉が即座にかぶりを振った。

「旦那を差し置いて、あっしが座るわけにはいきやせん。旦那こそどうぞ、遠慮なく座ってくだせえ」

「おいらはいいよ。立っているほうが楽だからね」

「あっしも同じですよ」

「なんだい、ずいぶん強がるねえ」

「年寄りだからこそ、強がるんですよ。それに、江戸っ子からやせ我慢や強がりを取っちまったら、なにも残りませんぜ」

そういって珠吉が笑んだ。

——ああ、相変わらず味のあるいい顔をするねえ……。

このままずっと珠吉と一緒に働けたら、と富士太郎は心から願った。どんなに素晴らしいことだろう。

だが、どれほど強く祈ったところで、その願いが叶えられることはない。珠吉は六十五で引退すると決めているからだ。その決意はかたく、まず翻せない。

実際のところ、珠吉だって、いつまでも働いてはいられないだろう。見ている分にはわからないが、やはり体力の衰えは自覚しているにちがいない。先ほどの人相書の件もある。

引退したら、伊勢参りに行きたいともいっている。ずっと一緒に働きたいというのは、富士太郎のわがままでしかない。

「ところで旦那、智代さんはどんな具合ですかい」

笑みを消して、珠吉がきく。

「すこぶる順調だよ。でも珠吉、昨日も同じ話をしなかったかい」

「しましたよ。でも、智代さんがどんな具合なのか、あっしはいつも知りたいんですよ。生まれてくる赤子は、あっしにとって、孫みたいなものですからね」

実感のこもった声で珠吉がいった。珠吉は、富士太郎と同い年のせがれを、病で失っている。もしそのせがれが生きていれば、好きな女と一緒になり、子をなしていてもなんら不思議はない。

生まれてくる富士太郎の子を珠吉が孫も同然に思うのは、至極《しごく》当然であろう。

「赤子が生まれたら、珠吉には一番に抱いてもらうよ」

「えっ、まことですかい」

富士太郎の言葉に、珠吉が喜色《きしょく》を浮かべる。

「当たり前だよ。おいらは決して嘘をつかないからね」

「それはうれしいですねえ」

満面に笑みを浮かべ、珠吉が喜びを露わにする。

「ところで旦那は、赤子の名は決めたんですかい」

「まだだよ」

富士太郎は首を横に振った。

「男か女かも、まだわからないからね。名をつけるのは、生まれてからでいいよ」

「鷹太郎《たかたろう》なんてのは、どうです」

「鷹太郎か。ずいぶんと勇ましい名に聞こえるね」

「旦那のお父上が一太郎さまで、旦那が富士太郎という名ですからね。一富士二鷹三なすびという初夢の諺《ことわざ》から、あっしは鷹太郎という名を思いついたんですけど……」

「いい名だと思うけど、珠吉、一富士二鷹三なすびの伝《でん》でいくと、鷹太郎じゃなくて、二太郎《にたろう》という風になるんじゃないかい」

えっ、と珠吉が虚《きょ》を衝かれたような顔になった。

「ああ、さようですね。でも二太郎なんて名じゃあまりに妙ですから、やはり鷹太郎がいいような気がしますね」

「珠吉、よくわかったよ。鷹太郎という名は頭に入れておこう」

「へい、是非ともよろしくお願いします」

そのとき、奥から人がやってくる気配が伝わってきた。

「お待たせいたしました」

快活な声が聞こえ、富士太郎はそちらに顔を向けた。

恐縮したように低頭しつつ男が近づいてきた。あるじの征兵衛だろう。

男は、まだ口をもぐもぐさせていた。

そんなにあわてて昼餉を終えずともよかったのに、と富士太郎は同情した。

「済まないね、急《せ》かしてしまって……」

男が素早く口の中の物をのみ込んだ。穏やかな笑みを頬に浮かべる。

「いえ、もともと手前は早食いですから、なんでもありませんよ」

帳場格子の中に端座し、男が明るい声音でいった。

「遠出から帰ってきたばかりで、疲れてはいないかい」

「なに、大丈夫ですよ」

顔を上げた男が請け合うように胸を叩いた。

「遠出といっても、流山ですから、大して疲れてはおりません」

「それならよいのだけど……」

富士太郎は、自分の名と身分を告げた。

「これは畏《おそ》れ入ります。手前は、この店の主人の征兵衛と申します」

両手をついて、征兵衛が深く頭を下げてきた。歳は、五十をいくつか過ぎているのではあるまいか。

流山への往復がきつくないとは思えなかったが、確かにさして疲れているようには見えなかった。もともと頑強な質《たち》なのかもしれない。

征兵衛、と富士太郎は呼びかけた。

「一つ頼みがあるのだが……」

富士太郎にいわれて征兵衛が顔を上げた。

「はい、女房より聞いております。猪野口熊五郎さまの家の錠でございますね」

「その通りだよ。是非とも、あの家の戸を開けたいんだ。どのような事情か、女房から聞いているかい」

はい、と征兵衛がうなずいた。

「聞いております。なんでも、猪野口さまらしきお方が亡くなったと……」

「熊五郎と覚《おぼ》しき男が殺されたんだ。征兵衛、それで熊五郎の家の解錠を頼めるかい」

「もちろんでございます」

当たり前といわんばかりの顔で征兵衛が応え、疲れも見せずに立ち上がった。

「では樺山さま、早速まいりましょう」

気軽にいったが、征兵衛は手ぶらである。

「征兵衛、錠を開けるための道具を、なにか持っていかずともよいのかい」

不思議に思って富士太郎がたずねると、征兵衛が袂《たもと》に手を入れ、一本の鍵をさっと取り出した。

「こいつがあります」

富士太郎は、征兵衛の手中にある鍵を凝視した。

「そいつは、熊五郎の家の鍵かい」

「いえ、ちがいます」

まじめな顔で征兵衛が否定した。

「前に手前は猪野口さまから、新たな錠前を誂《あつら》えたいと注文を受けました。出来上がりの際に、猪野口さまには二本の鍵をお渡しいたしました。誂えの錠前を開けるための鍵は、その二本だけです。猪野口さまのところだけでなく、これまでに誂えで錠前の注文をいただいたお客さますべてに、同じようにしております」

もしかして、と富士太郎はいった。

「おまえさんが手にしているそれは、どんな錠でも開けられるという鍵なのかい」

「まあ、そのような物ですが、もちろんこれを使ったからといって、たやすく錠を開けられるものではございません。素人には、まず無理でございますね」

「やはり、おまえさんのような腕利きの錠前師が扱わないと駄目なんだね」

「手前が腕利きかどうかは別にして、錠前師でないと、大抵の錠前が開けられないのは確かでございましょう」

笑みをたたえて肯定した征兵衛が土間に降り、草履《ぞうり》を履いた。

「樺山さま、まいりましょう」

面を上げ、征兵衛が改めて富士太郎をいざなった。うむ、と富士太郎は重々しく顎を引いた。

三賀左屋の外に出ると、いきなり寒風が吹きつけてきた。北寄りの強い風で、富士太郎たちは背中を押されるように足早に歩いた。

池之端七軒町の家には、あっという間に着いた。

「征兵衛、錠を開ける前に、念のため家に訪いを入れてもらえるかい。もしかしたら、死んだのは猪野口熊五郎でないことも、考えられるんだ」

「わかりました。お安い御用ですよ」

失礼いたします、と家に向かって声を上げて枝折戸《しおりど》を入り、征兵衛が戸口の前

た。

午前に富士太郎たちが訪ねたときと同様に、家からは沈黙しか返ってこなかった。

拳を振り上げた征兵衛が、どんどん、と戸を叩いた。

「猪野口さま、いらっしゃいますか」

に立つ。

「いらっしゃらないようですね」

眉根を寄せた征兵衛が、富士太郎を振り返って見る。

「猪野口さまは、本当に亡くなってしまったのでしょうか……」

案ずるような口調で征兵衛がいった。

「今のところ、そうではないかなと、おいらは考えているよ」

「さようにございますか……」

暗い顔になり、征兵衛がうつむいた。

「征兵衛。こんなところできくのもなんだけど、おまえさん、熊五郎と親しかったのかい」

いえ、と征兵衛が首を左右に振った。

「別に、親しいというほどの間柄ではありません。たまに近所の一膳飯屋で顔を合わせると、挨拶する程度でございました」

やはりそのくらいのものか、と富士太郎は思った。

「しかし、鍵と錠をつくったお客が亡くなってしまうというのは、やはりこたえるものですね」

そういうものなんだろうね、と富士太郎は思った。

「よし、征兵衛、こいつを開けてくれるかい」

戸口の錠に目を投げて、富士太郎は頼んだ。

「承知いたしました」

袂に手を入れ、征兵衛が先ほどの鍵を取り出した。腰を折って、鮮やかな手つきで鍵を錠に差し込む。

しばらく錠をがちゃがちゃいわせていたが、やがて、かちゃり、と小気味よい音が富士太郎の耳を打った。

「開きました」

どこかほっとしたような顔で、征兵衛がいった。征兵衛自身、町方役人の前で錠を開けるのは、少なからず緊張があったのかもしれない。

鍵をさっと抜き取った征兵衛が、戸から錠を外した。

「終わりました」

「済まなかったね、征兵衛」

富士太郎は心から征兵衛をねぎらった。

「いえ、なんでもありませんよ」

笑顔で征兵衛が答える。

「これからおいらたちは、この家の中を調べさせてもらうよ」

手を伸ばし、富士太郎は戸に手をかけた。

「でしたら手前はこれにて失礼いたします」

「ありがとう、征兵衛。本当に助かったよ」

「樺山さまのお役に立てて、まことによろしゅうございました。手前は心からうれしく思います」

破顔《はがん》した征兵衛が深く一礼し、石畳の上を枝折戸へと向かった。その姿を見送ってから、富士太郎は戸を横に引いた。

さすがに戸の建てつけは素晴らしく、開けるのに、さして力はいらなかった。

金がかかっている戸はやはりちがうんだね、と富士太郎は感心した。

中に入った。そこは二畳ほどの広さの三和土になっており、広めの式台が設けられていた。雨戸が閉められているせいで、家の中は暗かった。

三和土には二足の雪駄《せった》が揃えて置かれていたが、いずれも上等そうな物だった。

――熊五郎は、履物にも金をかけていたようだね……。

三和土で雪駄を脱ぎ、富士太郎たちは式台に上がった。

そこから左右に廊下が延びており、左に行くと庭に面した座敷に行けた。さっそく雨戸を開け、光と風を入れた。

日当たりがよく、明るい座敷がいくつか連なっていた。それらの部屋を眺めているだけで、富士太郎は気持ちが伸びやかになった。

――やはり上等な家というのは、よいものだねえ……。

廊下を反対側に進むと、台所のほうに出るようになっていた。

四百両もの値がつく家だけに、男が一人で暮らすのには広すぎるほどだ。身の回りの世話をする者がいなかったはずなのに、中はよく片付いていた。

――熊五郎という男は、几帳面《きちようめん》だったようだねえ。

富士太郎には、そうとしか思えなかった。

富士太郎たちは手分けをし、家の中を調べはじめた。目的は猪野口熊五郎の身元を明かせる物である。

富士太郎は家財を中心に当たってみた。

家の中には箪笥や文机《ふづくえ》、書棚が置かれていた。箪笥には、かなりの枚数の衣服が折りたたんでしまってあった。

熊五郎はしゃれ者だったんだね、と富士太郎は思った。

書棚には、草双紙の敵討ち物がたくさん並んでいた。

――本当に、この手の話が好きだったんだねえ。

文机も二つ三つあったが、それらにはなにも入っていなかった。

一所懸命に探してみたが、結局、富士太郎は熊五郎の身元を示すような物を見つけられなかった。

――なにもないねえ……。

ふむう、と富士太郎がうなったとき、珠吉の声が耳に届いた。

「旦那、ちょっとこちらに来てくだせえ」

すぐさま富士太郎は隣の間に駆けつけた。

部屋は八畳間で、どうやら熊五郎が寝所として使っていたらしい。きっちりとたたまれた布団が、部屋の隅に置かれていた。

部屋の右側にある押し入れを開けて、かがみ込んだ珠吉が中を見ていた。

「珠吉、なにかあったのかい」

富士太郎は珠吉の背に声をかけた。

「旦那、こんな物がありましたよ」

右手を伸ばした珠吉が押し入れの中から、布の袋に包まれている細長い物を引き出した。

「刀のようだね」

「ええ、そのようです」

——なにゆえそんな場所に、刀がしまわれていたのかな……。

富士太郎は首をひねるしかない。隣の間には刀架《とうか》が一つあったが、それには刀がかかっていなかった。

あの刀架には、と富士太郎は思った。顔を潰された仏が腰に帯びていた刀が普段、かかっていたのかもしれない。

「こいつは、まちがいなく刀ですね」

刀袋を抱きかかえるようにして、珠吉が立ち上がった。

「それにしても、立派な刀袋だね」

ええ、と珠吉がうなずき、刀袋を部屋の真ん中にそっと置いた。

金糸《きんし》と銀糸《ぎんし》がふんだんに使われた刀袋は、まばゆいほどの輝きを放っている。

素晴らしい出来映えだね、とその刀袋を見て富士太郎は思った。

――刀袋の中には、よほどの名刀が入っているのではなかろうか……。

「旦那、中を見てみますかい」

同じ気持ちを抱いたらしく、珠吉が富士太郎を見つめる。

「よし、見せてもらおう」

「では旦那、お願いします」

珠吉が刀袋を、富士太郎のほうにそっと滑らせてきた。

ちょうど、そこに伊助もやってきた。興味津々という目で刀袋を見る。

畳に座り込んだ富士太郎は刀袋の紐をほどき、中から刀を取り出した。

鞘《さや》からして、並みの造りではない。まちがいなく名のある鞘師がつくったものだろう。

黒鞘だが、深みを感じさせる藍色が混じっている。その色には深い海を思わせるものがあり、見つめていると吸い込まれそうな心持ちにすらなってくる。

刀についている鍔《つば》も、出来のよい物であるのがわかった。

――これは紛《まぎ》れもない名刀だろうね……。

鞘から刀身を抜く前に、富士太郎はそんな予感を抱いた。一礼して、すらりと刀を抜いた。

「こ、これは――」

言葉を失い、富士太郎は呆然とするしかなかった。珠吉と伊助も、びっくりしたような顔で刀を見ている。

――とんでもない業物《わざもの》だよ。

手にしているだけで、富士太郎は胸がどきどきしてきた。

刃文《はもん》は互《ぐ》の目《め》丁字《ちょうじ》乱《みだ》れで、刀身は明るく冴え渡っている。いかにも華やかな出来だが、すさまじい斬れ味を感じさせるものがこの刀にはあった。

じっと見ていると、声を出すのを忘れてしまう。富士太郎の口からは、ため息しか出てこない。

――この世にそうはない一振りだね。いったいどんな刀工が打ったのだろう。

丹田《たんでん》に力を入れ、気合を込めてから富士太郎は目釘を外した。銘《めい》をじっと見る。

石見守鎮胤と彫り込まれていた。富士太郎は首をひねった。

「いわみのかみしずたね、と読むのだろうね。知らない刀工だねえ」

「旦那が知らないんなら、有名な刀工ではないんですかね」

珠吉が怪訝そうに富士太郎にきく。

「おいらは刀に明るいわけじゃないからなんともいえないけれど、この刀工はさほど有名ではないかもしれないねえ。でも、この刀は業物としかいいようがないよ。すごい出来だよ」

興奮気味に富士太郎は語った。

「その石見守鎮胤という刀は、熊五郎の身元を明かすのに使えますかね」

珠吉にきかれた富士太郎は刀を元通りにし、鞘におさめた。

「使えるかもしれないね。石見守鎮胤という刀工の出がわかれば、熊五郎についてなにか知れるかもしれない」

「でしたら、刀剣商に持っていきますか。刀剣商なら、石見守鎮胤について知っているかもしれませんし、もしかしたら、そこから身元が割れるかもしれませんぜ」

「刀剣商に持っていくのは、よい手だね。珠吉のいう通り、おいらはこの石見守鎮胤という刀工が、熊五郎の身元を知る手がかりになりそうな気がするよ。――さて、この近くに馴染みの刀剣商がいたかな……」

「本郷金助町《ほんごうきんすけちよう》に稲富屋《いなとみや》さんがありますが、樺山の旦那はご存じですか」

自分の出番がきたとばかりに、伊助が富士太郎に問うた。

「稲富屋か……。ああ、知っているよ。確かあるじは保吉《やすきち》といったね。本郷金助町なら、ここからそんなに遠くないから、足を運ぶのにはちょうどいいね」

「では樺山の旦那、稲富屋さんに行かれますかい」

「よし、行こう」

元気よくいった富士太郎は石見守鎮胤を丁寧に刀袋に入れ、きっちりと紐を結んだ。

「それは、手前に持たせてください」

富士太郎の前に立ち、伊助が申し出る。

「済まないね」

富士太郎は、石見守鎮胤の入った刀袋を伊助に渡した。

伊助が刀袋を大事そうに抱える。

富士太郎たちは雨戸をすべて閉めた。暗い廊下を歩いて戸口に赴《おもむ》き、外に出た。

富士太郎は寒さを感じた。戸を閉め、錠を下ろす。

かちん、と小気味よい音が響いた。戸が開かないのを確かめて、枝折戸に向かう。

枝折戸を出て路上に立ったところで、富士太郎は妙な思いにとらわれた。

——あれ、なんだい、これは。誰かに見られているような気がするよ……。

富士太郎は、眼差しを感じる方角に顔を向けた。斜向《はすむ》かいの路地に、深編笠《ふかあみがさ》をかぶった者が立っていた。

——何者だい。あの深編笠の男が、おいらを見ているのかい。

その男のかぶる深編笠が、いかにもいかがわしさを醸し出していた。

大小を腰に差しており、深編笠の男が侍なのは明白である。身なりは悪くなく、れっきとした家中の者ではないかと思えた。

——あの侍は、あそこでなにをしているのかな。なぜこっちを見ているのだろう。

富士太郎は、はっとした。

——もしや熊五郎の家を見張っているのか。

富士太郎には、そうとしか思えなかった。

――いったい何者だろう。

改めて思った富士太郎は目を光らせ、その侍を見つめた。

――よし、ちと話を聞いてみるとするかな。あるいは、熊五郎殺しについて、なにか知っているかもしれないよ。いや、下手人かもしれないよ。

すぐさま足を踏み出した富士太郎は道を横切り、深編笠の侍に足早に近づいた。

それに気づいた侍が、あわてたように深編笠をかぶり直す。間髪を容れずに袴の裾を翻し、路地の奥に向かって、そそくさと歩きはじめた。

――逃げる気かい。そうはさせないよ。

地を蹴って富士太郎は走り出した。

「あっ、旦那――」

「樺山の旦那――」

珠吉と伊助が同時に叫ぶ。富士太郎は構わず路地に駆け込んだ。珠吉と伊助があわてて追ってくるのが気配から知れた。

富士太郎が路地に入ったとき、深編笠の侍は五間ほど先の突き当たりの角を右に曲がったところだった。すでに駆け出していた。

——逃がすもんかい。

気合をかけ、富士太郎は勢いよく走った。だが、そのときまた地鳴りがあった。

どーん、と下から突き上げてくる揺れはかなり強烈で、富士太郎の体がふらつくほどだった。転びそうになり、富士太郎は立ち止まらざるを得なかった。

同じ路地をのんびりと歩いていた隠居らしい年寄りも大きくよろめき、つんのめりそうになった。

咄嗟《とっさ》に手を伸ばし、富士太郎は小柄な体を支えた。

「大丈夫かい」

隠居の顔をのぞき込んで富士太郎はきいた。

「えっ、ええ」

手を差し伸べたのが町方役人と知ってさすがにびっくりしたらしく、隠居が目を丸くしている。

揺れがおさまったのを確かめて、富士太郎は隠居をそっと離した。済みませんでした、と隠居が頭を下げる。

いいんだよ、と答えて富士太郎は即座に走り出し、路地の突き当たりまで行った。

道の右側を見たが、深編笠の侍の姿はどこにもなかった。

くそう、と富士太郎は胸中で毒づいた。

——逃げられちまった……。

いったい何者だったのだろう、と富士太郎は改めて考えた。

——やはり、熊五郎の家を見張っていたに決まっているよ。

しかし、なにゆえそのような真似をしていたのか。

熊五郎が殺されたのを知らないのか。それとも、なにか別のわけがあって熊五郎の家を見張っていたのか。

最も考えやすいのは、と富士太郎は思案した。熊五郎の行方を追っている者ではないだろうか。

——やはり熊五郎はなにかやらかして、姿をくらましたのではないのかな……。

珠吉と伊助が富士太郎に追いついてきて、足を止めた。

「深編笠の侍ですね」

確かめるように珠吉がきいてきた。そうだよ、と富士太郎は答えた。

「深編笠の侍は、おいらをじっと見ていたようなんだ。それがずいぶんと怪しく感じられたからね。まずは話を聞いてみようと思ったんだけど……」

「旦那が深編笠の侍に近づいていったら、いきなり逃げ出したというわけですか」

珠吉に問われて、富士太郎は悔しげにうなずいた。

「話を聞こうなんて思わずに、さっさととっ捕まえておけばよかったよ」

「でも旦那、あの侍、身なりはかなりよかったですよ。まちがいなくれっきとした家中の者でしょうから、なにもきかずにとっ捕まえるってわけにはいきませんや。なにしろ、ただ路地に立っていただけですからねえ」

「そうだね。多分、熊五郎の家を張っていたんだろうけど……」

渋い表情で富士太郎はうなずいた。すでに同じ考えを抱いていたらしく、富士太郎の言葉を聞いても、珠吉も伊助も驚かなかった。

富士太郎は言葉を続けた。

「珠吉のいうとおりだね。もしおいらが下手な真似をしていたら、えらい騒ぎになって、御奉行にまで迷惑をかけてしまったかもしれない」

「だから、とっ捕まえずに済んでよかったんですよ」

そうかもしれないね、と富士太郎は胸をなで下ろした。

――むしろ、あの深編笠の侍が逃げてくれてよかったのかもしれない……。

「よし、じゃあこれから刀剣商の稲富屋に行こうかね」

気持ちを入れ替えた富士太郎は珠吉と伊助に告げ、足早に歩き出した。

三

冷たい風は相変わらず強く吹き渡っているが、できるだけ両肩を張って富士太郎は道をずんずんと進んだ。

すぐに本郷金助町に入った。

稲富屋は、思っていた以上にこぢんまりとした店構えだった。いつも前を通り過ぎるだけで、じっくりと店を見た覚えが富士太郎にはなかった。

こんなに小さな店だったかな、と意外な気がした。古びた暖簾が風に吹かれて、ばたばたと激しくはためいている。

稲富屋に近づいた富士太郎は暖簾をくぐり、戸を開けた。がたぴし、と音を立てて戸が横に動く。

ごめんよ、と断って土間に入ると、かび臭さが鼻をついた。土間の隅に火鉢が置かれており、そのおかげで中は暖かかった。

土間には、鎧《よろい》がところ狭しと立ち並んでおり、おびただしい数の刀が刀架にかかっていた。刀は陳列棚の中にも入れられていた。

これらの刀の中に業物といわれるほどのものがあるのか、富士太郎には見当がつかなかった。

「いらっしゃいませ」

奥から一人の男が姿をあらわし、帳場格子の中に端座した。

富士太郎は男に問うまでもなかった。あるじの保吉である。

これまで何度も顔は見ているし、挨拶もかわしている。

「これはお役人――」

土間に立っているのが富士太郎であると知り、保吉が深く頭を下げる。

「よくいらっしゃいました。武具がお入り用でございましょうか」

「そうではないんだ」

帳場格子に近づいて富士太郎はいった。

「実は、一振りの刀を見てほしくて、寄らせてもらった」

「刀を……。それは鑑定と考えてよろしいのでございますか」

「鑑定というほど、大袈裟なものではないんだ。刀は殺された者が所持していたもので、下手人はまだ捕まっていない。刀はおいらの知らない刀工の作なんだけど、下手人捕縛の手がかりにつながらないかと思って、こちらに持ってきたんだ」

「さようにございましたか」

納得した顔で保吉が低頭した。

「わかりました。そのお刀を拝見させていただきます」

「助かるよ」

伊助、と富士太郎は呼びかけた。はい、と進み出た伊助が保吉に刀袋を渡す。

「ほう、こちらでございますか」

うやうやしい手つきで受け取った保吉が、刀袋をじっと見る。

「刀袋は実によい物ですね」

保吉が、刀をそっと床の上に置いた。行灯《あんどん》に火を入れてから、刀袋から刀を取り出す。

「ほう、これはまた見事な拵《こしら》えですね」

刀を手にした保吉が、嘆声を漏らした。大きく息を吸ってから口をぎゅっと閉じ、刀をすらりと抜いた。

怖いほど真剣な顔で、刀身をじっと見る。

やがて刀から目を離して横を向いた保吉が、静かに息を吐いた。背筋を伸ばして、富士太郎を見上げてくる。

「これはまた、すごいとしかいいようのない出来の刀でございますね。ひじょうによい鋼《はがね》を使っておりますし……。刀工の腕は、名人の域といってよいでしょう。これほどの刀工なのに、お恥ずかしいのですが、手前はまだ誰の作刀《さくとう》なのか、見当がつきません」

期待に満ちた目で目釘《めくぎ》を外し、保吉が茎《なかご》の銘を凝視する。

「ほう、石見守鎮胤でしたか……」

感極まったような声を保吉が上げた。

「石見守鎮胤を知っているのかい」

「もちろんですよ」

胸を張って保吉が顎を引いた。

「石見守鎮胤の作刀を目にするのは、いつ以来なのか、わからないくらい久しぶりでございますが……」

「石見守鎮胤は今も存命かい」

いえ、と保吉が首を横に振った。

「とうに、この世を去っております。二百年ばかり前に亡くなったはずですよ」

「そんなに前に……。どこの刀工だい」

「信州《しんしゅう》ですね」

「信濃国か……。石見守鎮胤は有名な刀工なのかい」

「打った刀の数がとても少なく、さほど名の知れた刀工ではありません。しかし、ほとんど出回らないこともあって、好事家《こうずか》のあいだでは引く手あまたですね」

「ああ、そうなんだね。もしその石見守鎮胤に値をつけるとしたら、どのくらいになるんだい」

富士太郎がきくと、そうですね、といって保吉が考え込んだ。

「この刀は――」

手のうちの石見守鎮胤を、保吉が熱い目で見る。

「石見守鎮胤の中でも、おそらく屈指の出来栄えといってよいでしょう。手前なら、即金で五十両というところでしょうか」

　顔を輝かせて保吉が告げた。

「五十両か……」

　なかなか大したものだね、と富士太郎は思った。よほど富裕な者でないと、手が出ない値である。

　――買値が五十両だとして、売値はいったいどのくらいになるのだろう。おそらく、その倍はいくんじゃないのかな。

　だとすると、保吉がいま大事そうに持っている石見守鎮胤は、百両の価値があるといっても過言ではあるまい。

「石見守鎮胤はあまり出回っていないといったけど、もし手に入れたいと考えたときには、どうすればいいんだい」

「本当に滅多に出ませんので、手に入れるのは至難の業でございます。運頼みでございましょう。出回ることは稀《まれ》で、石見守鎮胤が存命の頃に作刀の注文を出した家が、今も所持し続けているのではないかと手前は勘考《かんこう》いたします」

　厳《おごそ》かな口調でいって、保吉が口を閉じた。

「石見守鎮胤は、信州の刀工だといったね。今もさして名を知られていないとすると、当時も有名ではなかったと考えてよいのかな」

「おっしゃる通りでございましょう」

「だとすると、当時、信州に住んでいた人が石見守鎮胤に作刀の注文を出したと考えてよいのかな」

「そうなりますね」

間を置かずに保吉が同意を示した。

「江戸の者が、石見守鎮胤という田舎の刀工を知っていたとは思えませんし……」

ふむ、と富士太郎は鼻を鳴らした。

――もしかすると、熊五郎は信州の出だったのかな……。

だが熊五郎に訛りなどなかったと、薬種問屋橋田屋のあるじ篤右衛門はいっていた。きれいな江戸弁を話していたそうだ。

――つまりこういう筋かな……。

二百年以上前に、信州に住んでいた者が石見守鎮胤に作刀の注文を出した。そして石見守鎮胤を手に入れた。それはおそらく熊五郎の先祖であろう。

その後、熊五郎の先祖は江戸留守居役となり、石見守鎮胤とともに江戸に出てきた。出府《しゅっぷ》してきたのは、石見守鎮胤を注文して手に入れた者だったかもしれないし、その子だったかもしれない。二百年というときを思えば、その子孫というのも十分に考えられる。

江戸留守居役になった熊五郎の先祖は、つつがなく役目を勤め上げた。それゆえ江戸留守居役という役目は、そのまま熊五郎にも引き継がれた。

伝家の宝刀であるはずの石見守鎮胤も当然、家督を継いだ熊五郎のものとなった。

だが、江戸留守居役となった熊五郎は、公金に手をつけてしまった。それが露見し、石見守鎮胤を持って行方をくらまさざるを得なくなった。

不法に手にした大金で家を買い、慎ましく目立たないような暮らしをはじめた。

それが家作を手に入れた十月《とつき》前で、その後、探索を進めた主家《しゅか》の側ではようやく熊五郎の居どころをつかみ、家の監視をはじめたところだった。それが、あの深編笠の侍なのではあるまいか。

――こう考えてみると、辻褄は合うような気はするね……。

では、誰が熊五郎を殺したのか。どんな動機があったのか。

もし主家の者があの家の監視をしていたのなら、手を下したのは主家の追っ手ではないということか。

熊五郎が死んだのを知っていたら、家を張る必要はない。あの路地に立っていたのは、熊五郎の死をまだ知らないからではないか。

――下手人が仏の顔を潰したのは、熊五郎に強いうらみがあったからだと思うけど、それだけではなくて、仏が誰なのかわからなくするためだろう。

ときを稼ぐためではないか、と富士太郎はにらんでいる。

仏の身元がわからなければ、追及の手が自分の身に及んでこないと下手人は踏んでいるのだろう。

きっとそうにちがいないよ、と富士太郎は思ったが、ふと新たな考えが脳裏をよぎっていった。

――まさかあの仏は、熊五郎の身代わりとして殺されたわけじゃないよねえ。

主家の追跡があまりに急で、身の危険を覚った熊五郎が、自分によく似た者を殺した。熊五郎が死んだと主家側に伝われば、追及の手はもはや及ばない。

だが、と富士太郎はすぐに思った。四百両もの大枚を払って手に入れた家はそのままにしてあるし、伝家の宝刀であるはずの石見守鎮胤も押し入れに大事そうにしまわれていた。

——石見守鎮胤は、好事家に百両で売れるんだよ。それを家に置きっぱなしにして人を殺し、行方をくらますものだろうかね。おいらは欲深《よくふか》だから、そんな真似は決してできないよ。

必ず石見守鎮胤を持って、家を出ていくはずだ。

——それに、身代わりを立てるのだって、自分に似た者を捜し出すのは容易なことじゃないよ。その上、殺さなきゃいけないんだからね。だいいち左の眉の傷はどうする。

熊五郎が大金を横領したのが事実かどうかまだわからないが、仮にその程度の犯罪で行方をくらました者が、果たしてそこまでやれるものなのか。

——身代わりを殺すだなんて、熊五郎という男にはなんとなく似つかわしくないよ。

そういえば、と富士太郎は一つの事柄を思い起こした。

——そもそも、なにゆえ熊五郎は、本郷一丁目の路地に行ったのか。

なぜあの場所で熊五郎が殺害されたのか、それもわかっていない。

——下手人に呼び出されたのかもしれないけど、なにゆえあの場所だったのだろう。

目の前で、ちゃっ、と鉄の鳴る音がした。はっ、として富士太郎が見ると、保吉が目釘を差し込み、石見守鎮胤を元に戻しはじめていた。丁寧に鞘におさめ、石見守鎮胤を刀袋にしまう。

保吉を見つめて富士太郎は口を開いた。

「その石見守鎮胤を所持していたのは、猪野口熊五郎という男だけど、おまえさん、その人物に心当たりはあるかい」

富士太郎の問いに少し考えていたが、保吉がかぶりを振った。

「いえ、心当たりはありません」

「そうかい」

あの、と保吉がどこかすがるような顔で声をかけてきた。

「この石見守鎮胤ですが、手前に売ってはいただけないでしょうか」

手に持った刀袋を大切そうに抱いて、保吉がきいた。

「それは無理だね」

かわいそうだったが、富士太郎は一顧《いっこ》だにせずに答えた。

「殺されてしまったとはいえ、人さまの物だから、おいらが勝手に売ったりしていいはずがないんだよ」

「さようでございましょうねえ……」

下を向いた保吉は、いかにも無念そうな顔である。

「おまえさん、石見守鎮胤を所持している者を知っているかい」

石見守鎮胤という名刀つながりで、なにか手がかりを得られるのではないかと富士太郎は期待を抱いたのである。

「いえ、存じません」

「ほしがっている好事家で、石見守鎮胤を所持している者はいないのかい」

「一人もおりません。持っていないからこそ、ほしくてならないわけでして……」

それは道理だね、と富士太郎は思った。

「保吉、済まないが、そいつを返してくれるかい」

「承知いたしました」

未練ありげな顔つきで、保吉が石見守鎮胤の入った刀袋を戻してきた。受け取った刀袋を富士太郎は伊助に渡した。

「手間をかけて悪かったね」

保吉に感謝の弁を述べてから、富士太郎は外に出た。珠吉と伊助があとに続く。

どこかで茶でも飲んで体を休めようかな、と思ったとき、また寒風が吹きつけてきた。富士太郎は身を縮めそうになったが、なんとかこらえた。

――北風なんかに負けていられるかい。

茶でなくともいいから、どこかで甘酒でも売っていないだろうか。

富士太郎は甘酒が大の好物である。しばらくあたりを見回していたが、茶店らしい幟《のぼり》は目に入ってこなかった。

――確か、湯島天神の近くに茶店が何軒かあったね……。

「よし、珠吉、伊助。ちょっと茶でも飲みに行こうかね」

珠吉と伊助に告げて富士太郎は歩き出した。

――石見守鎮胤という名刀から考えて、猪野口熊五郎は、先祖が信州の者かもしれないのか……。

熊五郎自身、その大名家の家臣だったと考えるべきかもしれない。

となると、と富士太郎は足を運びつつ思った。信濃国に所領を持つ大名家を当たれば、熊五郎とおぼしき男に当てはまる者を見つけ出せるかもしれない。

しかし、と富士太郎はすぐに考え、心中でかぶりを振った。信濃には、いったいいくつの大名家があるものなのか。

松本《まつもと》、飯田《いいだ》、高島《たかしま》、上田《うえだ》、小諸《こもろ》、飯山《いいやま》、須坂《すざか》、高遠《たかとお》、松代《まつしろ》など、思いつくだけでこれだけ挙げられるのだ。富士太郎が知らないだけで、ほかにも大名家はあるのではないか。

信濃国というのは、とにかく広いのだ。

——それだけある大名家の中から、猪野口熊五郎とおぼしき者を捜し出すのは、まず無理だろうね。

粘り強い探索を常とする富士太郎は、珍しく弱気になった。

しかも、富士太郎は町方役人である。大名家の屋敷に気軽に入っていき、聞き込みなどできはしないのだ。

少なくとも、と富士太郎は思い、風に逆らうように面を上げた。

——探索が前に進んだのは、まちがいないよ。熊五郎が信濃国の大名家の家臣だったかもしれないって、わかったんだからね。

その後、茶店で休息を取って元気を取り戻した富士太郎は珠吉、伊助ととももに、熊五郎殺しの探索に精を出した。

足を擂粉木《すりこぎ》にして聞き込みを行ったものの、残念ながら下手人につながる手がかりを得ることはできなかった。

いつしか西の空が赤く染まっていた。

——ああ、もう夕暮れかい。

富士太郎はさすがに疲れ切っているおのれを感じた。

富士太郎は珠吉の顔色を見た。まだ本調子といえない珠吉の疲労は、三人の中で特に激しいように見えた。

「よし、番所に戻るよ」

富士太郎は珠吉と伊助に強い口調でいった。

「今日は手がかりをつかめなかったけど、また明日、がんばればいいよ。きっと潮目が変わるはずさ」

「ええ、あっしもそう思います」

富士太郎に向かって、珠吉がうなずいた。その横で伊助も、わかりましたというように首を縦に振った。

「よし、行くよ」

足を引きずるようにして、富士太郎たちは南町奉行所に戻りはじめた。

四

板戸を五寸ばかり開け、近田庫兵衛は外の気配を嗅いだ。

夜の九つを過ぎた今、視界に人影は一つも入ってこない。

家の左側には常夜灯《じようやとう》が設けられているが、まるで灯っていないかのように明かりは届かず、暗さだけが満ちていた。

しばらくのあいだ庫兵衛は人の気配がないか、あたりの様子をうかがっていた。

やがて目が闇に慣れてきた。

この刻限に出歩いている者など、さすがに一人もいないのが知れた。

江戸では夜更かしする者が少なくないとはいえ、たいていの者は、今頃はぐっすりと眠っているものだ。

——風のほうは、どうだろう……。

雨戸が揺れ動く音がしないために、屋内にいても風がないのはわかっていた。

それでも、庫兵衛は自分の目で確かめずにはいられなかった。

付近の木々はひっそりと静まりかえっており、身じろぎ一つしない。風が吹くたびに、がたがたと動くこの板戸も、今はなんの音も発していない。

この時季にしては珍しく、風はやんでいた。こんな夜は滅多にないといってよい。

昼間は強い風が吹き渡っていたが、夜になったら、そよともしない。江戸の町は静寂に包まれている。

――よし、恰好の晩だ。俺は、運がよいとしかいいようがない。

天が、やれ、と命じているような気がする。いや、まちがいなくそうなのだろう。

――天が味方をしてくれるなら、これから俺がしなければならぬ事柄は、すべて必ず成功しよう。

庫兵衛は確信を抱いた。感謝の思いとともに目を上げ、庇《ひさし》の下から見えている低い空を見やった。

ぐっと冷え込んだ大気の中、おびただしい星が銀色に輝いていた。

どうやら空全体がすっきりと晴れており、天候が急変しそうには見えなかった。

――これなら、大丈夫だ。やはり俺は天の加勢を受けておる。

この先、風が強く吹くような仕儀にはなるまい、と近田庫兵衛は確信した。火を放ったところで、延焼はまずしないだろう。大火事には、つながらないはずだ。

――よし、行くぞ。

決意したものの、庫兵衛は外には出ず、いったん板戸を閉めた。

土間に置いてある一升徳利《いっしょうどっくり》を風呂敷に包み、自分の首のところできっちりとくくって担ぎ上げる。

式台にのせてあった火打ち道具一式を、懐にしまい込む。

懐紙《かいし》は、すでにたっぷりと用意してある。壁に立てかけてあった刀を腰に差し、最後に提灯《ちょうちん》を手にした。

今夜は、得意の槍を持っていけない。槍はどうしても荷物になってしまう。今宵《こよい》の用ならば、刀があれば十分に足りるはずだ。

忘れ物はない。板戸を半尺まで開けて、庫兵衛は外に人がいないのを、もう一度、確かめた。

敷居を越えると、寒さを感じた。江戸には真冬らしい冷気が居座っている。庫兵衛は綿入れを着込んでいたが、これだけでは寒さは防げない。

——だが信州に比べたら、江戸の冬など、春のようなものでしかない。

なにしろあまりの寒さに、城下にある商家の屋根瓦が割れたりするのだ。

——このくらいで寒さを覚えるなど、俺の体もなまったものよ。

ふっ、と軽く息をついて、庫兵衛は板戸を閉めた。

こんななにもない家に盗みに入る者などいないだろうが、念のために錠を下ろした。戸が開かないのを確認して、道に出る。

足を止め、火打ち道具を使って手際よく提灯をつける。

近くがほんのりと明るくなった。提灯を手に庫兵衛は背筋を伸ばし、足早に歩き出した。

星明かりのおかげで、提灯なしでも不自由しない。だが夜間、提灯なしで道を行くのは法度である。

法を破る気など、庫兵衛にはこれっぽっちもなかった。つまらないことで、町方役人の目を引きたくない。

下手をすれば、しょっ引かれるかもしれないのだ。

実際、浪人になった今、町方の庫兵衛を見る目は、仲林家の家臣だったときとはまるでちがう。

法にまったく触れていないにもかかわらず、胡散臭《うさんくさ》そうな目で、じっと見られることがたびたびある。

——この刻限に、町方がうろついているとは思えぬが……。

だが、決して気を緩めるわけにはいかない。どこからか、ひょっこりと姿をあらわすかもしれないのだ。

——とにかく油断はせぬ。

風がないために、手の提灯はまったく揺れない。このまま無風がずっと続いてほしかった。

少なくとも、あと二刻は風がないのが望ましい。仮に吹いたとしても、微風くらいにとどまってほしい。

——俺は、もう少し早く家を出るべきだったか……。

もし半刻前に出ていれば、今頃はもう田端村《たばたむら》に着いていただろう。

——仕方あるまい。

歩きつつ、庫兵衛は首を振った。九つを過ぎてから家を出ると決めたのは、自分自身である。それを今さら悔いても、はじまらない。前を向き、庫兵衛はひたすら歩き続けた。

どこまで行っても、人には出会わない。下げている提灯だけが、頼りになる友《とも》垣《がき》のような気がした。

庫兵衛が目指しているのは、田端村にある大名家の下屋敷だ。これまでに何度も下見をしているから、いくら田端村が広大な地だといっても、道をまちがえるはずがなかった。

すでに町家《ちょうか》はほとんど見られなくなっている。田畑が広がる中、薪拾《たきぎひろ》いのための雑木林がいくつもあった。雑木林のそばには、必ず百姓家がある。

さらに歩き続けていると、抹香《まっこう》のにおいが鼻をついた。大寺《おおでら》の影が庫兵衛の目に入ってきた。

田端村の東のはずれには、宏壮《こうそう》としかいいようがない寺が五つ、飛び石のように連なっているのだ。

いま庫兵衛が目にしているのは、最初の大寺である。山門の扁額《へんがく》は何度か目にしたが、寺の名は覚えていない。

こんな田舎にあっても、寺というのはやっていけるのだ。それが、庫兵衛には不思議でならない。

こうした田舎にある以上、大勢の檀家《だんか》がいるとはさすがに思えない。

公儀から、なんらかの援助を得ているのだろうか。もしかすると、寺領《じりよう》などを与えられているのかもしれない。

——そのくらいの助けがないと、このような場所で寺の維持はできまい。

一心に歩き続けた庫兵衛は、五つ目の寺の門前を通り過ぎた。

庫兵衛の瞳に、宏壮な武家屋敷が飛び込んできた。

——着いたか。

胸が高鳴ってきたが、落ち着け、と庫兵衛は自らにいい聞かせた。

いったん庫兵衛は立ち止まり、屋敷を眺めた。ここは、老中をつとめる葛西下野守永保の下屋敷である。

庫兵衛にとって、憎き相手としかいいようがない。

——思い知らせてやる。

決意を新たにした庫兵衛は下屋敷の裏手に回った。

今この屋敷に、あるじの下野守永保がいるかどうかはわからない。下野守永保がいようがいまいが、庫兵衛には関係なかった。

相変わらず風はない。このまま朝まで無風であってほしかった。

葛西家の下屋敷の裏手には、塀が崩れてそのままになっているところがある。そこまで行って、庫兵衛は提灯を吹き消した。

あたりが闇に包み込まれた。信頼する友垣がいなくなったような気持ちになり、庫兵衛は一瞬、心細さを覚えた。

――いや、俺には天が味方しているではないか。不安がらずともよいのだ。

空には庫兵衛を応援するかのように、相変わらずおびただしい数の星が瞬いている。

提灯を折りたたみ、庫兵衛は懐にしまい入れた。一升徳利が入った風呂敷を、しっかりと担ぎ直す。

塀が崩れているところに立ち、庫兵衛は屋敷内の気配をうかがった。

人けはまるで感じられない。この屋敷に詰めている家臣や下男、下女が一人もいないわけではないようだが、ほとんど無人に近いのが知れた。

こうまで警戒が薄いのは、ありがたかった。

――これは、やはり天がやれと俺に命じているのだな……。

塀の崩れから、庫兵衛は下屋敷の敷地に入り込んだ。仮に少々の音が立ったとしても、庫兵衛の侵入に気づくような者は屋敷内には一人もいないだろう。

庫兵衛はかがみ込み、屋敷内の様子を見た。いくつか建物が建っている。最も大きい建物は母屋《おもや》である。

そのほかには離れがあった。母屋の右側に、厩《うまや》や蔵が建っていた。

――蔵はあそこか。

庫兵衛が目当てとしているのは、あの蔵である。油を撒いて、下野守永保のお宝がしまわれているという蔵を燃やし尽くすつもりでいる。

むろん、母屋にも火を放つ気でいた。

人けのまったくない敷地内を、庫兵衛は足早に歩いた。

この下屋敷は広いが、驚くほどの宏壮さを誇っているわけではない。

蔵の前にはすぐ着いた。だが、足を止めた庫兵衛は肝が冷えるのを覚えた。

――なんと。

蔵の横に番所らしい小さな建物があり、人が詰めているのがわかったからだ。

これは、事前の調べとはちがっていた。

——どういうわけだ……。

なぜなのか理解しがたかったが、この番所については、庫兵衛の調べが及ばなかったとしかいいようがない。

心気《しんき》を静め、庫兵衛は番所の中の気配を嗅いだ。どうやら、中には二人いるようだ。一人はぐっすりと眠っており、もう一人は律儀に起きている。

——さて、どうする。

眉根を寄せて、庫兵衛は自問した。

もし蔵で火が燃え上がったら、番所の二人は物音を聞きつけて、いち早く外に出てくるだろう。

たった二人だけでは火が消し止められるとは思えないが、番所の二人は命を懸けて消火を試みるだろう。

もっとも、蔵は頑丈そうな石造りだから、火をかけたからといって、中のお宝が燃えるとは思えない。

蔵にも火を放たれたという事実が、下野守永保に伝わるだけでよいと庫兵衛は考えているのだ。

——やつの心胆《しんたん》を寒からしめてやるのだ。

まずは母屋に火をかけ、それに気づいた番所の二人がそちらに駆けつけたのを見計らい、蔵にも火を放てばいいのではないか。

——番所の二人は、このままにしておけばよかろう。

そうしよう、と庫兵衛は決意した。蔵から離れ、母屋に向かう。

表側の庭に回り、縁の下に入り込む。星明かりが届かなくなり、真っ暗になったが、すでに目は闇に慣れており、行く手はうっすらと見えた。

頭上には、相変わらず人けは感じられない。

いくつもの蜘蛛の巣を破って、庫兵衛は母屋のかなり奥まったところまで進んだ。

——このあたりでよかろう。

足を止め、庫兵衛は懐から何枚もの懐紙を取り出した。それを地面に置き、背中の風呂敷包みを下ろした。

風呂敷を解いて一升徳利を取り出し、中身の油を懐紙に振りかける。

さらに一升徳利を激しく振って、頭上の床板にも油をかけた。

油が半分ほどに減ったところで手を止め、庫兵衛は一升徳利に蓋をした。火打ち道具を使い、懐紙に火をつける。

火打石と火打金から、かちかちと音が立ったが、気づかれた気配はない。

ぼうっ、と音がした。見ると、懐紙に火がつき、一瞬で燃え広がっていった。

熱くてならず、庫兵衛は後ろに下がった。懐紙の炎は一気に大きくなり、母屋の床板に届きはじめた。油がかかっているせいで、床板にも一瞬で火がついた。

——これでよし。

広がり続ける炎から逃れ、庫兵衛は縁の下を抜け出した。すでに縁の下の奥は真っ赤になっている。

——やったぞ。

心の中で快哉《かいさい》の声を上げた。庫兵衛は最初の予定通り、蔵に赴いた。

縁の下から炎が躍り出て、柱や障子に絡みつき、めらめらと燃えはじめるのが見えた。

だが、それに気づいた者は誰一人としていない。蔵の番所に詰めている二人も外に出てこない。番所はひっそりとしたままだ。

——構わぬ。

庫兵衛は蔵を一周して、一升徳利に入っている残りの油をかけて回った。火打ち道具を用い、最後の懐紙に火をつける。

燃え出した懐紙を蔵に投げる。わずかな間を置いて、ぼっと音が立ち、炎が一気に広がった。

これで蔵の中の物が燃えることはないだろうが、下野守永保が血相を変えるのは目に見えている。

――思い知れ。殿の仇だ。金の亡者《もうじゃ》め。すべてを俺が奪ってやる。

胸中で叫び、庫兵衛は石造りの蔵を這い上ろうとしている炎を見つめた。

ごおごお、と炎が激しくゆらめき、音を立てはじめた。

ただならぬ物音を聞きつけたか、番所の戸が開き、男が一人のそりと外に出てきた。

「うわっ」

蔵を包み込んでいる炎を見て、男が悲鳴のような声を上げた。信じられないものを見ているかのように、呆然としている。

「火事だっ、火事だぞっ」

我に返ったように、あたりを見回して男が大声を発する。母屋に、炎が立ち上っているのを認めたらしく、あわててそちらに走っていった。火事だ、火事だぞ、と叫んでいる。

その声に、番所に詰めていたもう一人の男も姿を見せた。蔵の火を見て、うわあ、と大声を出した。

「水だっ、水っ」

用水桶《ようすいおけ》がそちらに置いてあるのか、男は左側のほうへと駆けていった。

蔵は黒い煙に包まれているが、炎の勢いは一時よりすでに弱まっている。

母屋のほうは全体に火が及ばんとしていた。

――油を使っただけに、さすがに火の回りが早いな。

これで、下野守永保もこちらのうらみの深さを思い知ることになるだろう。

――さて、引き上げるか。

庫兵衛は、塀が崩れているところに赴こうとしたが、ふと足を止めた。庭の木々の枝が横に流れるように動いているのが、炎に照らされて見えたからだ。

あれは、と庫兵衛は思った。

――風が出てきておる……。

木々の枝が荒々しく騒ぎはじめていた。

――これはまずい。

庫兵衛自身、北西から強い風が吹いてきているのをはっきりと感じた。母屋を包み込む炎が風を呼んだかのようだ。

――まさか今頃になって、風が吹きはじめるとは……。

このままでは飛び火によって、隣の大寺に火が燃え移ってしまうかもしれない。

そうなれば、次の寺にもまちがいなく火の手が及ぶだろう。次から次へと炎が飛び移っていき、最後は谷中の天王寺門前にひろがる町屋まで燃えはじめるのではあるまいか。

しくじった、と庫兵衛は思ったが、もうどうしようもなかった。延焼しないのを祈るしかなかった。だが、その願いがうつつのものになるか、庫兵衛にはわからなかった。

――決して大火事にはならぬ。俺には天が味方している。

自らにいい聞かせて、庫兵衛はその場を去った。

第四章

一

　はっ、として目を開け、湯瀬直之進は跳ね起きた。

　耳を澄ませるまでもなく、半鐘の音が聞こえてくる。

　近いな、と顔を上げて直之進は思った。じゃんじゃん、と半鐘は強く連打されている。半鐘を打つ者の必死さが、直之進にもはっきりと伝わってきた。

　直之進の寝床の横で、妻のおきくが起き上がった。

　行灯はつけていないが、どこからか、うっすらとした光が忍び込んできていた。おきくの顔はよく見える。

「だいぶ近いようですね」

　直之進を見つめて、おきくがいった。

「そのようだ」

半鐘の音は、どうやら北西から聞こえてくる。

「火事は田端村のほうか……」

つぶやいて直之進は立ち上がった。部屋の中はひどく冷え込んでいたが、今は寒さなど気にしている場合ではなかった。

「おきく、ちと火事の様子を見てくる」

おきくをじっと見て、直之進は告げた。

「わかりました」

直之進を見上げて、おきくがうなずく。搔巻を脱ぎ、直之進は綿入れを着た。

「おきく、ここにも火の手が及んでくるかもしれぬ。いつでも逃げられるよう、荷物をまとめておいてくれぬか。火事がどんな様子か確かめたら、俺はすぐに戻ってくるゆえ」

「承知いたしました」

きっぱりと答えたおきくが、隣で寝ているせがれの直太郎を抱き起こした。そうされても、直太郎はぐっすりと眠ったままだ。

なんという眠りの深さよ、と直之進は感嘆せざるを得ない。というよりも、直太郎は人より肝がずっと太いのではなかろうか。

――もしそうなら、将来はきっと頼もしい男に育ってくれようが……。

まさか人より耳が遠いなどということはあるまい、と直之進は信じた。

「では、行ってくる」

おきくに告げて、直之進は刀架の両刀を腰に差した。夫婦の寝所を出、廊下を歩いて戸口に向かう。

土間の雪駄を履き、戸を開けた。寒風が吹き寄せてきた。

――眠っているうちに、風がずいぶん出てきておるな……。

戸口の敷居を越えて、直之進は外に足を踏み出した。きな臭さが風に飛ばされることなく濃く漂っており、体がそのにおいに一瞬にして包まれる。

おっ、とすぐさま直之進の口から声が漏れ出たのは、西の空が真っ赤に染まっているのが見えたからだ。

――思っていたよりも近いな。その上、火事は大きいようだ。しかも、この風の強さはいったいなんだ。

風の強さだけでなく、向きもよくない。火の手がまっすぐこちらに向かってくるのだ。直之進は、くっ、と奥歯を噛み締めた。

黒い煙が渦を巻くようにもうもうと上がっているのが、はっきり眺められた。橙色《だいだいいろ》の炎が、まるで身もだえているかのように、四方に腕や手を伸ばしている。風に煽られて炎はすさまじい勢いを示していた。

――火元は、やはり田端村のほうだな。

風に乗って、いくつもの火の塊《かたまり》が暗い空を行くのが見えた。

――飛び火か。あれも風のせいだろうが、質《たち》が悪すぎる。とにかく、一刻も早くここから脱しなければならぬ。

即座に直之進は決断し、おきくたちのもとに戻ろうとした。

「湯瀬師範代――」

鋭い声で呼びかけて、直之進のそばに来たのは医師の雄哲《ゆうてつ》である。

「これは雄哲先生」

気《せ》は急いていたが、威儀を正して直之進は辞儀した。

「大変な事態になりましたね」

まったくだ、と雄哲が真剣な顔で同意する。

「湯瀬師範代、これからどうする」

目を血走らせて、雄哲がきいてきた。雄哲も直之進と同様、秀士館内の家に住んでいる。助手の若者が一緒である。

「あの炎の勢いを見ますに、もはや逃げるしかありますまい」

「ああ、そうなのか……」

雄哲が落胆の顔つきになった。はい、と直之進は顎を引いた。

「風がとんでもなく強い上、風向きが悪すぎます。あと四半刻もせぬうちに、ここまで火の手は迫ってきましょう」

「なんと、そんなに早いのか」

息をのんで雄哲がいう。

「秀士館の西方には建物らしいものはなにもないが、それでも火の手は押し寄せてくるか」

いま燃えているのは、日暮里の町の西側のようだ。だが、すぐに波が寄せるように日暮里の町すべてが、炎にのみ込まれてしまうだろう。

日暮里の根岸《ねぎし》寄りが、ここ秀士館である。

「押し寄せてくるというより、この強い風に乗って飛び火がありましょう。このままでは、秀士館の建物は飛び火にやられてしまうのではないかと思います」

「飛び火とな……」

「飛び火は風に煽られて、一町以上も飛ぶと聞いております」

なにっ、と雄哲が驚きの声を上げた。

「そんなに飛ぶものなのか。一町も飛ぶのだったら、ここまで十分に届くな」

「一町どころか、この風の強さですと、もっと飛ぶかもしれません。ですので雄哲先生、一刻も早くここから逃げ出すのが一番の策でありましょう」

「それが上策か……。わかった、湯瀬師範代のいう通りにしよう。大事な物は、いま助手にまとめさせているところだ」

「それを聞いて、安心いたしました」

「それにしても、館長は大丈夫かな」

佐賀大左衛門の住む家のほうを、雄哲が見やる。

直之進も気になったが、大左衛門には身の回りの世話をする者が二人もいる。二人とも気が利く若者だけに、きっと大丈夫であろう、と直之進は信じた。今は大左衛門よりも、自分の家人の心配をしなければならない。

「館長には、二人の機敏な若者がついております。ですので、まず大丈夫ではないでしょうか」

「うむ、わしも湯瀬師範代と同じ気持ちよ。今は人の心配をするよりも、自分のことを大事にすべきときのようだな」

「おっしゃる通りです。――雄哲先生、では、それがしはこれで失礼いたします」

「湯瀬師範代、こんなときに引き止めて済まなかったな」

「いえ」

雄哲を見て、直之進は穏やかにかぶりを振った。

「雄哲先生、お逃げになる際は決してあわてぬようにしてください」

「うむ、そうしよう。あわてると、転んだり、どこかに頭をぶつけたりして、怪我をしかねんからな」

「それがしも気をつけます」

一礼して、直之進は足早に家に戻った。廊下を小走りに進んで寝所に行くと、ちょうどおきくが直太郎をおんぶして、廊下に出てきたところだった。

「火事は、いかがですか」

目を大きく見開いて、おきくがきいてきた。

「よいとはいえぬ。正直にいえば、悪い。あと四半刻もせぬうちに、火の手がここまでやってくるかもしれぬ」

「えっ、さようですか。たった四半刻で……」

　さすがにおきくは衝撃を隠せずにいる。

「おきく、とにかくときがない。荷物は本当に大事な物だけでよい。命さえあれば、出直しはいくらでも利くゆえ」

「わかりました。あなたさま、私はもう大丈夫でございます。いつでも外に出られます」

「えっ、もう支度は済んだのか」

「はい。大事な物は、すべて身につけてあります」

「素早いな。さすが我が女房だ」

　心から直之進はおきくを褒めたたえた。

「あなたさまには、大事な物はありませんか」

「そなたと直太郎以上に、大事な物などない。そなたら二人が無事なら、俺はなにも惜しくはない。他の物など火事にくれてやろう。そのくらいの気持ちだ」

「それはまた、うれしいお言葉です」

　直之進を見て、ふふ、とおきくが笑う。

「なに、当たり前のことでしかない。よし、おきく、行こう」

おきくの手を引くようにして、直之進は家を出た。

歩きながら、西方の空を見やった。相変わらず空は真っ赤に染まっている。天を目指して上っていく黒煙はさらに勢いを増し、どんどん太くなっている。

火の手がこちらに近づいてくるにつれ、風に押された黒煙がこちら側に、どっと流れ込んできた。

焼け焦げたにおいが一気にひどくなり、直之進は喉に痛みを感じた。咳をこらえたら、胸が悪くなった。

おきくが激しく咳き込んだ。直之進はおきくの背中をさすった。

眠っているとはいえ、直太郎もこのままでは煙にやられて、無事には済まないかもしれない。こういうときは、子のほうが弱い。人とはそういう風にできている。

「あなたさま、おんぶはやめます」

母親を感じさせる強い声で、おきくが直之進にいった。

「それがよかろう。胸に抱いてやったほうが、直太郎も楽であろうからな」

「おっしゃる通りです」

背中の直太郎を下ろし、おきくが両腕でしっかりと抱いた。

「俺が直太郎を持とうか」

直之進は申し出たが、おきくが小さくかぶりを振った。

「こういうときは、子はおなごが抱いてやったほうがよいのです」

「おきく、そなたは俺が直太郎を落とすとでも思っているのではないか」

「大事な我が子ですから、落とすとは思いませんけど……」

直之進を見つめて、おきくが言葉を途切れさせる。

「少なくとも、直太郎を乱暴に扱うと思っているのだな」

「乱暴に扱う気がなくとも、男の人は女よりずっと力がある分、細やかさと優しさに欠けるところがありますから……」

確かにそのきらいはあるだろうな、と直之進は思った。優しくしたつもりでも、力任せになってしまうところは、直之進にもある。それをおきくは恐れているのだろう。

わかった、と直之進はいった。

「直太郎は、そなたに任せよう」

その言葉を聞いておきくがにっこりとする。

「この子を決して危ない目に遭わせるような真似はいたしませんから、あなたさま、どうか、安心してください」

強い決意を感じさせる目で、おきくが述べた。直之進は笑顔になった。

「直太郎は、そなたに任せておけば安心だ。俺は、端《はな》から心配などしておらぬ」

さっと顔を転じ、直之進は再び西方を見やった。

「おきく、風上に回ろう」

「わかりました」

「よし、こっちだ」

おきくの背中を軽く押し、直之進はまず秀士館の裏手に向かった。

そちらには、秀士館で働く者たちが大勢やってきていた。水が流れるように、裏門から外に逃れていく。

直之進たちも、その流れに身を任せた。秀士館の外に出ると、秀士館の広大な敷地を回り込み、火の手を避けて風上に向かった。

足を運びつつ左手を見やると、田端村にあったはずの五つの大寺が焼けてしまったらしいのが知れた。

その隣にあったはずの宏壮な武家屋敷も、焼失してしまった様子である。

——なんということだ……。

しかしながら、火事はそれだけではまだ飽き足りず、町地にも火の手を及ぼそうとしていた。

このままでは本当に焼き尽くされるぞ、と直之進は火事の恐怖を心の底から味わった。

直之進からは見えないが、あの炎や煙の下で多くの者が逃げ惑っているのではないか。

——なんとしても助かってほしい。

おきくと直太郎に注意を払いつつ、直之進は心から願った。

やがて直之進たちは、崕雪頽《がけなだれ》の上に上がった。高台からは火事の様子がよく見えた。

今も強い炎の群れは風下に向かって突き進んでいる。風に乗って飛び火が多く散り、もうじき秀士館の建物に火がつきそうだ。

——くそう。

その光景を、直之進はほかの者たちと一緒に呆然と眺めるしかなかった。

火元はどこなのか、と直之進は考えた。宏壮な武家屋敷があった西側は、何事もないように見える。

――あの武家屋敷は老中葛西下野守どのの下屋敷と聞いたが、まちがいないのだろうか。

あまりよい評判を聞かない老中ではあるが、下屋敷を失ったのは、さすがに気の毒でしかない。

――あそこが火元と考えてよいのだろうか。

「湯瀬――」

不意に背後から声がかかり、直之進はさっと振り向いた。

「おっ、倉田ではないか」

半間《はんげん》ばかり後ろに、佐之助が立っていた。

「来てくれたのか」

ああ、と佐之助が答えた。

「さすがに放っておけぬ。ここに来たからといって、なにができるというわけでもないが」

それにしてもと思い、直之進は奥歯をぎゅっと噛み締めた。

――こんなに近くに倉田が寄ってきていたというのに、まるで気づかぬとは、あまりに迂闊《うかつ》すぎる……。

もし佐之助に害意《がいい》があったら、直之進は確実に死んでいただろう。

いくら火事に気を取られていたとはいえ、秀士館ほどの道場で剣術を教える者としては、あまりに情けない。

直之進は下を向きたくなったが、なんとか我慢した。

「おきくと直太郎も無事でなによりだ」

小さな笑みをたたえて佐之助がいった。うむ、と直之進は首肯《しゅこう》した。

「半鐘の連打を耳にしてから、できるだけ早く家を出たのがよかったのだろう」

そうであったか、と佐之助がうなずいた。

「しかし湯瀬、なんともひどい有様だな」

次々と建物をのみ込んでいく火事を見やって、佐之助が顔をゆがめた。

「ああ、ひどすぎる……」

「湯瀬、火元がどこか、わかっているのか」

「当て推量《ずいりょう》だが、老中の下屋敷ではないのか」

その通りだろう、と佐之助が肯定した。

「どうやら葛西家の下屋敷から燃えはじめ、並ぶように建っていた五つの大寺に、次々に燃え移っていったようだな」

「あれだけの大きな寺が五つも燃えてしまったのか。僧侶たちはかわいそうだな」

「なんの罪もないのにな。もらい火では、どうしようもなかろう。再建するにも、金はかかる。今頃、五つの寺の僧侶たちは途方に暮れておろう」

目を転じ、佐之助が秀士館のほうに眼差しを注いだ。湯瀬、とやや高い声で呼んできた。

「風向きが少し変わったように思えるが、ちがうか」

佐之助にいわれ、直之進は煙の流れ方に注目した。

「やや西寄りの風になったようだな。煙の流れ方がこれまでと異なってきている」

「あれならば、きさまの家は燃えぬかもしれぬぞ」

なにっ、と直之進は思い、目を凝らした。

「そうかな……」

「ああ、ぎりぎりで燃えぬのではないか。飛び火もきさまの家の方角へはもう向かっておらぬ」

「確かに……」

「だが――」

佐之助が口調を沈ませた。

「館長の家と我らの道場は駄目かもしれぬ」

「その通りだな。風向きが変わったせいで、今度はそちらが危ない」

風向きが変わったといっても、秀士館が火災を免れるわけではないのだ。くそう、と直之進は地団駄を踏みたい気分である。

「風が弱まってくれればよいのに……」

祈るような気持ちで、直之進は希望を口にした。佐之助が残念そうに首を横に振る。

「だが、強い炎は逆に風を呼んでしまうからな。あの火勢が衰えぬ限り、残念ながら風は弱まるまい」

火消したちが、必死に立ち働いているのが見えた。だが、火事は一向におさまりそうにない。

火消しといっても火を消すのが仕事でなく、家を壊すのが役目といってよい。纏《まとい》を持った火消しが屋根に上ってそれを振り回すのは、ここを壊せという合図なのだ。

とにかく延焼をくいとめる、それが火消したちが一番にすべき仕事である。だが、今夜はあまりに風が強すぎて、火消したちは目立った働きができていない。火の先回りをしてせっかく一軒の家を取り壊したはいいものの、その家を乗り越えるようにして、火の手はさらに大きくなっていくのだ。その光景を見て、直之進は歯嚙みした。別に、火消したちを責めているわけではない。あれだけの惨事を前にして、なにもできない自分に腹が立ってならないのだ。

その場に突っ立ち、次々に飛んでいく火の塊が秀士館の建物を蹂躙《じゅうりん》していくさまを、ただ眺めているのは最悪の気分だった。

夜が明けた。

皮肉にも太陽が昇ると同時に、それまで吹いていた強い風がやんだ。

――もっと早く風がおさまっていてくれたら、よかったのに……。

佐之助の言が当たり、直之進たちの家はぎりぎりで火にのみ込まれずに済んだ。

――こうして住処《すみか》を失わなかったのはありがたいが、秀士館の他の建物がなんともいえぬ有様だ。決して喜んではおれぬ。

なにしろ、大左衛門が暮らしていた家が焼け落ちたのだ。それだけではない。直之進たちの大事な剣術道場も、跡形もなく燃えてしまったのである。

今は二つの建物は、ともに焼け跡だけが残されていた。

――ひどいものだな。

まだ熱を感じさせる焼け跡のそばに立ち、直之進は呆然とするしかなかった。

――なにゆえこのような仕儀になったのか。

直之進の隣で、佐之助も声をなくしている。

――倉田はこれを機会に、剣術修行の旅に出るかもしれぬな……。

直之進の心の隅を、そんな思いが横切っていった。

なにしろ、肝心の道場がないのでは、腕を磨く場所すらないのだ。腕を上げるために、佐之助が剣術修行に出るのは、なんら不思議でもなかった。

大火が起きたのを知って、道場の門人たちが続々と駆けつけてきた。焼け落ちた道場を目の当たりにして、誰もが身じろぎ一つせず、自失《じしつ》したように突っ立っている。その数は次から次へと増えていく。

「これからどうなるのだろう……」

「俺はいったいどうすればよいのかなあ……」

「道場の再建はされるのかな」

そんな声が、門人たちのあいだから聞こえてきた。

再建か、と直之進は思った。

――金が集まりさえすれば再建もできるだろうが、果たしてどうだろうか。

大左衛門がどういう手立てを取って金集めをしているのか直之進は知らないが、道場の再建ができるだけの莫大《ばくだい》な額を、手に入れられるものなのか。

――わからぬ……。

直之進としては、危惧せざるを得ない。

――やはり倉田は、この火事を機会に武者修行に出ていくかもしれぬ……。

直之進がそんな風に考えたとき、またしても地鳴りがあり、地面が激しく揺れた。

ぶすぶすと細い煙を上げてくすぶっていた道場の柱が揺れを受け、大きな音を立てて倒れた。おう、と驚きの声を上げて門人たちが後ろにどっと下がった。

こんなときでも、とその光景を眺めて直之進は思った。

――地鳴りは、やんでくれぬのだな。この世に、神や仏はおらぬのか……。

結局、朝の五つ過ぎになって秀士館内で燃えていた火はすべて鎮火した。

最後まで燃えていたのは、食堂だった。焼け残っている五つの竈《かまど》がどこか虚しさを醸《かも》し出していた。

食器類などは食堂で働いている者たちが、いち早くかき集め、持ち出したから無事であると直之進は聞いた。

――だがせっかく琢ノ介が、働き手を集める算段をととのえようとしていたのに、食堂が燃えてしまうとは……。

直之進からは、ため息しか出てこない。

「直之進さん――」

横から近づいてきて声をかけてきたのは、富士太郎である。

「富士太郎さん、おはよう」

沈んでいても仕方ない。できるだけ明るい声を心がけて、直之進は挨拶した。

「おはようございます」

富士太郎が直之進だけでなく、おきく、佐之助にも頭を下げた。いま直太郎はおきくにおんぶされている。その顔を富士太郎がのぞき込んだ。

「相変わらず直太郎ちゃんは、よく眠っていますね」

「ああ、よく寝る子だ」

「いい子ですよね。うちも早く生まれてきてほしいですよ」

「まだなのか」

直之進がきくと、富士太郎が少し残念そうな顔つきになった。

「明日、生まれてもおかしくはないと産婆さんにはいわれているのですよ。さすがにやきもきしますね」

直之進を見て、富士太郎が苦笑してみせた。

「いや、今は笑っている場合ではありませんね。直之進さん、大変なことになりましたね」

目の前の焼け跡に目を当てて、富士太郎がいった。

「まさか秀士館が火事に巻き込まれるとは、夢にも思わなんだ……」

「噂によりますと――」

直之進にそっと顔を近づけ、富士太郎が声を低めた。

「日暮里の町だけでなく、その近くも含め、二千戸近くの町家が焼けてしまったようなんですよ」

苦い顔で、富士太郎が直之進に告げる。なんだと、と直之進は愕然とした。

「二千戸も燃えたのか……。死者は出たのか」

ええ、と無念そうに富士太郎が顎を上下に振った。

「煙に巻かれて逃げ遅れた者がだいぶいるようで、死者は百人近くに上るのではないかといわれています。まだどれだけの死者が出たのか、はっきりとはわかっていないようなんですが……」

「百人近くも亡くなってしまったのか。かわいそうに……」

昨日まで、笑顔一杯に生きていた者たちばかりであろう。まさかその夜のうちに寿命が尽きるとは、誰一人として思っていなかったのではあるまいか。

「樺山、火元は葛西家の下屋敷でまちがいないのか」

これは佐之助が問うた。

「ええ、まちがいないようです」

うつむき気味に富士太郎が答えた。

「葛西家は、なにゆえ火事を起こしたのだ」

さらに佐之助がたずねる。

「それが、どうやら付け火のようなのです」

「付け火だと」

凄みを感じさせる声でいい、佐之助が瞳に鋭い光をたたえた。一瞬、富士太郎が後ろに下がりかけた。

「さようです。下手人は母屋の床下に入り込み、油を撒いて火を放ったようなのです。母屋は全焼しました」

「その下手人は捕まったのか」

なおも佐之助が富士太郎にきく。

「まだ捕まっておりません」

申し訳なさそうに富士太郎がいった。

「誰が付け火をしたのか、わかっておるのか」

「いえ、それもわかっておりません」

「老中葛西下野守に、うらみを持つ者の仕業だろうか」

腕を組んで佐之助がつぶやいた。

「動機としてはそれが最も考えやすいと、それがしも思っております。下手人は、石造りの蔵にも火をつけました」

「石造りの蔵だと。燃えぬのがわかっていて、火を放ったのか」

「そのようです。これはあくまでも噂なのですが、その蔵には葛西下野守さまの財物《ざいもつ》がしまわれていたようなのです……」

「それを燃やそうとしたのか」

「しかし、蔵が燃えないのは下手人もわかっていたでしょう」

「下手人は葛西下野守に財宝も燃やす気だったのだぞ、と伝えたかったのかもしれぬな」

「なるほど」

それにしても、と佐之助がいった。

「もし火を放ったのがうらみによるものだとしたら、下手人の狙いは葛西下野守の下屋敷の母屋と蔵だけだったということになるな。それがここまで大きな火事になったのは、下手人の思いに反して、強風に煽られて火が燃え広がったためか」

「おそらくそうなのだと思います」

佐之助を見つめて、富士太郎が肯《がえ》んじた。

「これだけの大火事になったのは、下手人にとっても、見込みちがいだったのではないかと思います」

それを聞いて、佐之助が顔に怒りをにじませる。

「仮に見込みちがいだったとしても、これだけ悲惨な出来事を引き起こしたのだ。下手人は決して許されるものではない」

強い口調で佐之助がいった。

「おっしゃる通りです」

即座に富士太郎が点頭《てんとう》した。

「必ず引っ捕らえ、厳罰《げんばつ》に処さなければなりません」

ふむう、と直之進はうなった。腹の中で怒りがたぎってきている。

——たとえ老中の葛西下野守どのにうらみがあろうとも、下手人は人として、してはならぬことをしでかした……。

俺が死んだ者たちの仇を討つ、と直之進は心に誓った。

——付け火をした者に、これだけ悲惨な出来事を引き起こした責任を負わせなければならぬ。償わせなければならぬ。

いつしか、大勢の者が秀士館の敷地内にあふれているのに直之進は気づいた。どうやら日暮里の町から焼け出された者たちが、救いを求めて秀士館にやってきたものらしい。

「さあ、炊き出しをいたしましょう」

不意に張りのある女の声が直之進の耳に飛び込んできた。見ると、声を上げたのは菫子である。いつの間にか秀士館に来ていたのだ。

「荒俣師範代。炊き出しをするといっても、食堂は焼けてしまったぞ」

菫子に近づいて直之進は伝えた。

「でも湯瀬師範代、竈は残っているじゃありませんか」

「うむ、確かに残っているが……」

「食堂から食器類は無事に持ち出したと聞きました」

「それは俺も聞いた」

「食料はほとんどが蔵に蓄えられているらしいですから、米などはきっと無事でしょう」

いわれて直之進は敷地の隅に建つ蔵を見やった。さすがに石造りだけあって、なにも被害を受けていない。

「井戸もなにごともなかったようですし、これならきっと炊き出しはできましょう」

「薪はどうする。食堂の台所の近くに積み上げてあった薪は、すべて燃えてしまったようだが……」

直之進がいうと、董子が深くうなずいてみせた。

「ですので、申し訳ないのですが、こたびの火事で焼けてしまった建物の燃え残りを使わせてもらいましょう」

なるほど、と直之進は感心した。

――その手があったか。

いつ再建されるかわからないとはいえ、どのみち燃え残りは片づけなければならない。それを炊き出しの燃料に使うというのは、名案としかいいようがない。

「よし、今から炊き出しをするぞ」

佐之助が声を張り上げると、おう、と門人たちが応じた。

焼け跡から燃え残りを引き抜く者、井戸から水を汲んでくる者、蔵から米を運んでくる者、皿や丼など食器類を持ってくる者など、門人たちが一斉に働き出した。

米と水、鍋が揃うと、自称、米研ぎ名人なる者まであらわれた。同時に、竈に火も熾《おこ》される。

さらに、味噌汁をつくる者も出た。だしとなる煮干しや干しわかめも、蔵に蓄えられていた。

鍋が三つの竈に置かれ、火力が強いこともあって、ときはさほどかからずに飯が炊き上がった。

それがすぐさま握り飯にされて皿に盛られ、被災した町人たちへ供された。町人たちはむさぼり食べた。味噌汁もうまそうに飲んでいる。

うちの門人はたくましいな、と直之進は心から感心した。

——この分なら、道場の再建もすんなりと進むかもしれぬ。

そんな思いを直之進は抱いた。

「よし、湯瀬。俺たちも握り飯と味噌汁をもらいに行くか」

佐之助に誘われて直之進はうなずいた。

「いいな。みんなで一緒に食べようではないか。それが一番うまいゆえ」

直之進は佐之助、富士太郎、おきくとともに握り飯を食した。

耐えがたい空腹を抱えていた直之進にとって、塩気の利いた握り飯は途轍《とてつ》もなくうまかった。だしの味が濃い味噌汁も、疲れた体に美味だった。

佐之助も富士太郎も、うれしそうに食べている。直太郎も珍しく目を覚ましており、笑みを振りまきながら、握り飯をおきくからもらっていた。

いきなりの火事でひどい目に遭ったとはいえ、と直之進は思った。

――これ以上のご馳走は、そうはあるものではないな……。

すぐにのみ込んでしまうのはあまりにもったいなく、直之進は握り飯を何度も咀嚼し、じっくりと味わった。

二

いま思い出しても、頬が緩む。

――ああ、おいしかったねえ。

富士太郎の脳裏にあるのは、秀士館で食した握り飯である。

富士太郎は昨日の深更《しんこう》から火事場にいっており、建物がいくつか焼けてしまった秀士館には、夜が明けてから足を運んだのだが、そのときには腹がひどく空いていた。

だから、菫子の音頭《おんど》による炊き出しがはじまり、握り飯と味噌汁を供《きょう》してもらったのは、うれし涙が出るほどありがたかった。

炊き出しのおかげで、富士太郎は人心地《ひとごこち》つけたのである。

今は、あと五町ほどで南町奉行所というところまで来ていた。刻限は、午前の四つ近くになったのではないか。

今日の町奉行所への出仕が遅れるかもしれないとは、昨晩、田端村の火事場に行く際に荒俣屋敷に寄り、土岐之助に告げてある。

だから、土岐之助を通じて珠吉と伊助にも伝わっているはずだ。

実際、昨夜は土岐之助も富士太郎と一緒に火事場へ行こうとしたのである。

だが、土岐之助がいやな咳をしており、風邪気味のように見えたから、富士太郎は行くのを止めたのだ。

――荒俣さまは大丈夫かな。昨夜は苦しそうにされていたけど……。

もし土岐之助が今日、風邪のために休みにしていたら、富士太郎の出仕の遅れは、珠吉たちに伝わっていないだろう。

――きっと大丈夫だよ。荒俣さまは頑丈だからね。

それに、菫子が秀士館に姿を見せていた。もし土岐之助が風邪で臥《ふ》せっているのなら、菫子は看病に専念し、秀士館に足を運んでいなかったのではないだろうか。

――菫子さまに荒俣さまの様子を、ちゃんときいておけばよかったねえ。

富士太郎は昨夜の火事の一件を調べるのに懸命で、土岐之助が風邪気味だったのを、失念していたのである。

——しくじりだよ。

富士太郎の目に、南町奉行所の大門がはっきりと見えてきた。もう半町もない。

それにしても、と足を動かしつつ富士太郎は思った。

——下手人は決して許さないよ。その気はなかったのかもしれないけど、大勢の罪のない者を殺しちまったのは、動かしようのない事実なんだからね。

富士太郎としては顔を潰された男の一件は後回しにしてでも、付け火の探索をしたくてならない。

——でも、荒俣さまから命じられない限り、勝手な真似はできないからねえ。

富士太郎はさらに足を急がせ、目の前に迫った大門を足早にくぐった。

——やっと着いたよ。秀士館は、なかなか遠いところにあるんだねえ。

大門は長屋門になっているが、富士太郎たち定廻り同心の詰所はその長屋内にある。

大門に作り込まれた出入口から中に入り、富士太郎は廊下を進んだ。廊下の突き当たりに詰所はある。

詰所には誰もおらず、がらんとしていた。全員が、縄張の見廻りに出たのだ。

大火鉢の炭が熾きていた。そのおかげで、詰所の中はずいぶんと暖かかった。

——ああ、助かるねえ。火鉢というのは、まったくもって素晴らしい品だよ。この季節にもし火鉢がなかったら、おいらみたいな寒がりは、いったいどんな悲惨な目を味わっているんだろうねえ……。

今朝は、富士太郎が詰所に来なかったから、誰か別の者が火鉢の炭を熾したのだろう。

——はて、誰がやったのかな……。

先輩同心たちの顔を思い浮かべたが、富士太郎には見当がつかない。

——だって、火を熾しそうな人がいないものね……。もしかすると、詰所付きの小者の守太郎が、気を利かせてくれたのかもしれない。

——きっとそうだよ。それしか考えられないよ……。

ふと、一枚の紙が自分の文机に置かれているのに気づき、富士太郎は手に取った。紙には、短い文章が記されていた。

「荒俣さまからだ……」

土岐之助の詰所に来るよう書かれていた。富士太郎は同心詰所をあとにし、奉行所の母屋のほうにある土岐之助の詰所に向かった。

廊下を歩いて詰所の前まで行くと、土岐之助の小者の住吉が座していた。

「おはよう、住吉」

足早に近づいた富士太郎は声をかけた。

「おはようございます」

丁寧に住吉が返してきた。

「でもう、おはよう、じゃないかな。こんにちは、かな。その境目がいつも難しいね」

「まったくでございます」

笑顔で住吉が同意する。

「樺山さま、よくいらしてくださいました。荒俣さまがお待ちかねでございます」

半身になった住吉が、樺山さまがおいででございます、と中に向かって告げ、腰高障子をするすると滑らせた。

「おう、富士太郎、来たか」

文机の前に座している土岐之助が、快活な声を上げた。

「入ってくれ」

土岐之助にいわれ、富士太郎は足を踏み入れた。土岐之助の前に端座すると、腰高障子が閉まった。

同時に住吉の影が立ち上がり、廊下を歩いていったのが知れた。おいらのために茶を淹れに行ったのかな、と富士太郎は思った。

「荒俣さま、具合はいかがでございますか」

心優しい上役を見つめ、富士太郎はまずたずねた。

「昨夜は風邪気味だったが、今はもうすっかりよくなっておる」

「さようでございましたか。それをうかがい、それがし、安心いたしました」

「菫子が煎《せん》じてくれた葛根湯《かっこんとう》を飲んで眠ったら、起きたときには風邪はどこかに消え失《う》せていた。引きはじめの風邪には、葛根湯の効き目はすごいものがあるな」

「はっ、それがしもよく存じております」

「どのような病であろうと常に葛根湯を用いる医者を葛根湯医者と馬鹿にして呼ぶらしいが、菫子によると、葛根湯は風邪だけに効くわけではないようだ。ゆえに、下手な薬を与えられるよりずっといいらしいぞ」

「ほう、さようにございますか」

「葛根湯は万能薬といってよいらしい」

「それは存じませんでした」

ふっ、と小さな笑いを土岐之助が漏らす。

「葛根湯の話はどうでもよいな。それで富士太郎、どうであった」

体を前に乗り出して、土岐之助が問うてきた。これはむろん、火事についてきいているのだろう。

田端村で知り得た事実を、富士太郎は淡々とした口調で語った。

「そうか、やはり火元は老中の葛西下野守さまの下屋敷だったか」

「ご存じでしたか」

「実は先ほど御奉行に呼ばれ、その旨を聞かされたのだ」

「さようにございましたか。葛西下野守さまの火事の一件は、すでに御奉行のお耳にも入っているのでございますね」

その通りだ、と土岐之助がいった。

「これも御奉行からうかがったのだが、付け火らしいな」

「おっしゃる通りでございます」

土岐之助を見て富士太郎はうなずいた。

「それがしは、葛西下野守さまの下屋敷に奉公していた下男を見つけて話を聞いたのですが、下手人は油を撒いてから、母屋と蔵に火を放ったようにございます」

「材木問屋の岩志屋の木材に火をつけた手口と同じだな」

「はっ、まずまちがいないものと」

「では富士太郎。岩志屋と葛西の下屋敷の火事は、同じ下手人による仕業と考えてよいな」

「それがしはそう思います」

迷いのない口調で富士太郎はいった。

「二つの付け火は、同じ根と断じて構わぬと存じます」

「二つの付け火は、両者に深いうらみを持つ者がなした振る舞いというわけだな」

次の瞬間、土岐之助が一転、厳かな声でいった。

「ならば富士太郎」

「はっ」

富士太郎はかしこまった。

「顔を潰された男の一件は他の者に任せ、これからは火付けの探索に専心せよ」

「承知いたしました」

土岐之助に向かって富士太郎は低頭した。先ほど願った通りになり、驚くしかない。

——念じてみるものだね。神さまが聞き届けてくださったのかな……。

「縄張については考えずともよい。そなたが付け火の探索に当たることは、すでに同心たちに伝えてある。縄張に入ったところで誰も文句はいわぬ」

「ご配慮、かたじけなく存じます」

「皆が見廻りに出るぎりぎりではあったが、とにかくその旨を伝えることはできた」

はっ、と富士太郎は低頭した。

「この一件については、火盗改《かとうあらため》もきっと力を入れて探索するだろう」

その通りだろうね、と富士太郎は思った。

「富士太郎、火盗改を出し抜こうなどと考えずともよいぞ。火盗改が挙げようとそなたが挙げようと、とにかく、下手人を挙げるのが第一なのだ。死んでいった者たちの無念を晴らさなければならぬ」

強い口調で土岐之助がいった。おっしゃる通りだよ、と富士太郎は強く思った。面を上げ、土岐之助を見る。

「昨日の留書にも記しましたが、殺されて顔を潰された男は猪野口熊五郎といい、信濃国の大名家に仕えていた者と思われます。猪野口熊五郎というのは、おそらく偽名でございましょうが……」

「偽名か。承知した。そなたの留書は、わしもすでに読んでおる。事情はわかっておるつもりだ」

はっ、と富士太郎は両手を畳に揃えた。

「御奉行はすでに登城《とじょう》された。葛西下野守さまにお目にかかり、事情を聞かれるおつもりのようだ」

今の南町奉行、曲田《まがったい》伊予守《よのかみ》隆久《たかひさ》は、決して揺らがない正義の心を持つ男である。富士太郎は深い信頼を寄せている。まちがいなく土岐之助も同じであろう。

「御老中はお答えになりましょうか」

富士太郎は問いを土岐之助にぶつけた。

「さあて、どうかな」

顎をなでながら土岐之助が首をひねる。

「大きな声ではいえぬが、狸《たぬき》だという評判だからな」

「さようでございますか」

「葛西下野守さまは裏でいろいろとなさっているらしい。こたびの火付けも、そのあたりのことが関係しているのかもしれぬ」

「裏でいろいろと……」

富士太郎、と語調を改めて土岐之助が呼んできた。

「顔を潰された男の一件の探索から外れたが、それに不満はなかろうな」

「ございませぬ」

きっぱりとした声音で富士太郎は答えた。

「それがしは付け火をした者に対し、許せぬとの思いが、ときがたつごとに強くなってきておりました。どんなわけがあろうと、火を放って大勢の者を死なせたことの責任は取らせないとなりません。探索を命じられたことは、むしろ喜びでございます」

「そうか、それはよかった。とにかく、付け火の下手人は一刻も早く捕まえねばならぬ。そのために、そなたが任じられたのだ」

「承知いたしました。力を尽くし、下手人を必ず捕縛いたします」

決意の思いを露わに富士太郎はいった。一礼して土岐之助の前を辞した。

――中間長屋に珠吉たちを呼びに行かなきゃいけないね。

そんなことを思いながら腰高障子を開けて廊下に出ると、ちょうど住吉が戻ってきたところだった。湯飲みがのった盆は持っていない。

「お茶も出さずに失礼いたしました」

富士太郎に住吉が頭を下げる。

「いや、気にせずともいいよ」

笑みを浮かべて富士太郎はいった。

「あの、樺山さま」

「なんだい」

「珠吉さんと伊助さんには、大門のところで樺山さまを待つように伝えてまいりました」

えっ、と富士太郎は思った。

「じゃあ、住吉はいま中間長屋に行ってきてくれたのかい」

さようにございます、と住吉が答えた。

「ありがとう。助かるよ」

「樺山さまに喜んでいただけて、うれしく思います」

「本当に感謝しているよ。では、これでね」

住吉に礼を述べて富士太郎は廊下を進んだ。

母屋を出た富士太郎は大門をくぐり抜けた。すると、そこに珠吉と伊助が立っていた。

二人と挨拶をかわした富士太郎は、なにがあったか、手短に語った。

「では、猪野口熊五郎の件は別の方に任せて、旦那は二つの火付けの下手人の探索に当たるんですね」

「そうだよ。とにかく、おいらたちで下手人をとっ捕まえるんだ」

かたい決意を露わに富士太郎はいった。

「それで旦那、どこから行きますかい」

富士太郎を見上げ、珠吉がきいてきた。

「岩志屋だよ」

「でしたら、行くのは木場町ですね」

伊助が会釈《えしやく》気味に首を動かし、珠吉に応えた。

「それでは、手前が先導させていただきます」

すぐさま伊助が前に立ち、歩きはじめた。

深川木場町と南町奉行所とは、それほどの距離があるわけではない。富士太郎たちは四半刻ほどで、木場町に足を踏み入れた。

木場町に向かって歩いているあいだ、珠吉は智代のことをききたそうにしていたが、そんな場合ではないと考えたのか、ずっと我慢して口を閉ざしていたようだ。

昨夜、富士太郎が火事場に赴く際、智代に別状はなかった。桃色の肌をして、いかにも順調に見えた。

――もしかしたら、今頃、生まれているのかもしれないのか。帰ったら、赤子に会えるかもしれないんだよ。ああ、楽しみだ……。

木場町に架かる橋を渡り、富士太郎たちは岩志屋の敷地内に入った。このあいだの火事で燃えなかった店の前に立つ。

ちらりと見ると、岩志屋の貯木堀は空になっていた。一本も木材は浮いていない。焼けた材木はすべて取り除いたようだが、新たな木材は入っていないようだ。

それにしても、と富士太郎は思い出した。

——あの火事で大損したはずなのに、あるじの資右衛門には、あわてた様子はなかったねえ。あれはどうしてなのかな……。

富士太郎の頭に、岩志屋の火事の際に感じた疑問が再びよみがえった。

足を踏み出して、富士太郎は岩志屋に訪いを入れた。忙しい身だろうからいないかもしれない、と思っていたが、資右衛門は店にいた。どうやら帳簿を見ていたようだ。

即座に客間に通された富士太郎は、脂ぎった顔をした資右衛門と相対した。珠吉と伊助は富士太郎の後ろに控えた。

おや、と富士太郎は資右衛門を見直した。

「樺山さま、どうかされましたか」

気にかかったように資右衛門がきいてきた。

「手前の顔に、なにかついておりますか」

「ああ、いや、なんでもないよ」

かぶりを振り、富士太郎は言葉を濁した。どういうわけなのか、富士太郎の目に資右衛門の顔がひどくどす黒く見えたのだ。

——まるで、息絶えたばかりの骸を目の当たりにしているかのようだったよ……。

もしかして岩志屋は死んでしまうのではないか。富士太郎はそんな思いを抱いた。

——何者かに殺されてしまうのか。

そうではないか、と富士太郎は思った。資右衛門はいい顔色をしているとはとてもいえないし、肥えてもいるから、病死というのも十分に考えられる。気をつけるように忠告しようかと富士太郎は思ったが、資右衛門のような己《おのれ》に自信たっぷりの男には、なんの効き目もないだろう。

ただ、右から左に聞き流されるだけだ。軽く息をつき、富士太郎は別の言葉を口にした。

「昨夜、葛西下野守さまの下屋敷に付け火があった」

「ええ、存じております」

やはりその件で来たのか、といいたげな顔を資右衛門がした。

「おまえさん、葛西下野守さまと親しくしていたね」

「はい、親しいお付き合いをさせていただいております」

「葛西下野守さまの下屋敷は、ここの貯木堀の木材を燃やしたのと同じ者に付け火をされた。少なくとも、おいらはそう考えている。それについて、おまえさんに異論はあるかい」

「いえ、ありません」

言葉短く資右衛門が認めた。

「下手人は葛西下野守さまと、おまえさんがうらみを買った者だろう。おまえさん、実は下手人の心当たりがあるんじゃないのかい」

「いえ、まったくありません」

苦笑気味にいって、資右衛門が首を横に振った。

「手前はこれまで真っ当に商売をしてまいりました。その手前にうらみを持つ者など、いるはずがありません」

資右衛門が断ずるようにいった。真っ当でない商売をしていたからこそ火をつけられたのだ、と富士太郎はいいたかったが、口には出さなかった。いったところで、やはり無駄でしかないのだ。

「おまえさん、葛西下野守さまとはどういう間柄だい」

「先ほども申し上げましたが、親しいお付き合いをさせていただいております。冥加金《みようがきん》も納めさせていただいておりますが、だからといって商売に関してお気遣いをいただいたというようなことは、まったくございません」

資右衛門は明らかに嘘をいっている。商売では葛西下野守から相当の配慮をしてもらっているはずだ。公儀が行う普請《ふしん》でも、第一の材木問屋として、最もおいしいところを常に手にしているはずである。

三日前の晩、貯木堀の木材に油を撒かれ、すべてが燃やされた。ところが、岩志屋の母屋はこうして無事だ。これは、いったいどういうわけなのか。

——下手人は貯木堀の木材を燃やすことこそが目当てだったのか……。

そうかもしれない。それはなにゆえなのか。

資右衛門と話していても埒《らち》が明かないのは明白だったので、富士太郎は岩志屋を辞すことにした。

「では、これで失礼するよ」

「お構いもせず、まことに失礼いたしました」

「岩志屋」

立ち上がって富士太郎は呼びかけた。

「体の具合はどうだい」

「えっ」

問いの意味を図りかねたらしく、資右衛門が富士太郎をじっと見る。

「どうだい、体は悪くないかい」

「ええ、いたって健やかだと思います」

「そうか、それならいい」

先ほどどす黒く見えた顔はなんだろう、と富士太郎は思った。

——もしや、岩志屋は殺されるのかもしれないね。

「体の具合が悪くないなら、身辺に気を配ったほうがいいよ」

「それは手前を狙う者がいるということでございますか」

「わからないけど、火をつけられた以上、己《おの》が身を守るのは、当たり前だろう」

「ええ、そのあたりについてはよくわかっております。用心棒の手配もすでに終わっております」

「用心棒かい。それはよかった」

直之進さんのような手練ならなおいいんだろうけど、と富士太郎は考えた。

――直之進さんのような用心棒は、そうはいないだろうね。

岩志屋をあとにした富士太郎は、別の店を当たる決意をかためていた。

岩志屋の北側の橋を渡り、隣の材木問屋に足を運んだ。

その店は北園屋《きたぞのや》といった。客間に落ち着いた富士太郎は、岩志屋についてあるじの完五郎《かんごろう》から話を聞いた。

「いえ、岩志屋さんが諍《いさか》いを起こしたり、いざこざがあったりしたとは聞いたことがありませんよ」

しわ深い顔をしているものの、完五郎は穏やかな光をたたえた瞳の持ち主で、別にとぼけているようには見えなかった。

――真実を話しているね。

それはまちがいないものに、富士太郎には思えた。

――となると、岩志屋は商売は真っ当にやっているんだね。買いだめに売り惜しみと、なにかと評判が悪いのは確かだけど……。

「御老中の葛西下野守さまと仲がよいと聞いたけど、実際はどうなんだい」

「とてもよろしゅうございますね」

「どんな手蔓《てづる》があって、両者は仲よくなったんだい」

「葛西さまの領地が信濃国にあるのは、ご存じでございますか」

「ああ、知っているよ。信州森科《もりしな》五万石だね」

「さようにございます。森科は良材に恵まれた地でございます。特に、檜《ひのき》で名のある土地でございます」

「その檜の売買がきっかけで、両者の付き合いがはじまったのかい」

「いえ、そうではないのです」

完五郎があっさりと否定した。

「以前は牛嶋屋《うしじまや》さんという材木問屋が森科檜の売買を一手に引き受けていたのですが、その牛嶋屋さんのご主人が急死されまして、一気に店が傾いたのでございます。牛嶋屋さんは、ご主人が一人で店を思い通りに動かしておりましたので……」

「あるじは急死したのか……。なにゆえ死んでしまったんだい」

「病だと聞いております」

静かな声で完五郎が答えた。

「病かい。それはまちがいないかい」

「ええ、まちがいないと思いますが……。なにか妙なところでも、ございましょうか」

「いや、別にないよ。牛嶋屋のあるじが死んで、岩志屋はどうしたんだい」

軽く顎をしゃくって、富士太郎は完五郎に先を促した。

「一手に引き受けていた牛嶋屋さんの急死を受けて、森科檜の商いは停滞しました。その間隙《かんげき》に食い込むように入り込んできたのが、岩志屋さんでございます」

「岩志屋はうまくやったんだね」

「はい、まるで牛嶋屋さんの死を前もって知っていたかのように、巧みに入り込みました」

怪訝そうな顔をして完五郎が富士太郎を見つめる。

「それでお役人は、牛嶋屋さんの死を怪しまれたのでございますね」

「そうだよ。牛嶋屋の死が怪しく思えてきたんじゃないかい」

「岩志屋さんが牛嶋屋さんに毒でも盛ったのでございますか」

「そうかもしれないよ」

「いえ、いくらなんでもそこまでするとは思えません。ただの偶然だと思いますね」

ただ、完五郎の語尾に力はなかった。

「それに、岩志屋さんはもともと商売の手並みは素晴らしいものがございましたので」

「牛嶋屋が死に、岩志屋が森科檜の扱いをはじめたのは、いつ頃の話だい」

「かれこれ二十年ほど前でございましょうか」

「では、その頃は、葛西下野守さまはまだ老中になっていないね」

「さようにございます。御老中になられるまで、それから十六、七年は優にかかっておりましょう」

「岩志屋は、葛西さまに金を貸し付けたりもしたのか」

ああ、と完五郎が声を上げた。

「それはあったかもしれません」

富士太郎に目を当てて完五郎が首肯する。

「御老中になるのには、信じられないほどのお金がかかるそうでございますし」

「では、葛西さまにとって、岩志屋は恩人でもあるのかな」

「きっとそうでございましょう。岩志屋さんの力添えがなければ、葛西下野守さまはあるいは……」

そのあとの言葉を完五郎はのみ込んだ。

――御老中になれていなかったかもしれません、といいたかったんだろうね。町方役人を前にして、そこまではさすがに口にできなかったようだ。最近では、すぐに政道批判といわれる。完五郎としては、目をつけられたくなかったのであろう。

――とにかく、葛西下野守さまと岩志屋は二人で組んで、なにか悪さをしたのはまちがいないんだろうね……。

だから、うらみに思った者に、数万両にも及ぶ大事な木材を燃やされてしまったにちがいない。

――葛西下野守さまと岩志屋を結びつけたのは、木材か……。

ならば、と富士太郎は思った。貯木堀の木材をすべて燃やされ、下屋敷が全焼したのも、木材絡みなのだろうか。

――きっとそうだよ。木材に絡んで調べていけば、必ず下手人につながる手がかりを得られるよ。

確信した富士太郎は完五郎を見つめた。

「忙しいところをかたじけない」

完五郎に礼をいって、長脇差を手に富士太郎は立ち上がった。

そのとき、またも地鳴りがあった。今回は、ごご、という音だけで、突き上げてくるような揺れはなかった。

身構えたものの、富士太郎の体はぐらつかなかった。

「ああ、何事もなく済みましたね」

胸に手を当てて、完五郎が安堵の息をつく。

「こうまで地鳴りがつづくと、やはりなにか起きるとしか思えないね」

長脇差を腰に差して、富士太郎は完五郎にいった。

「まったくでございます」

額に浮いた汗を完五郎が手拭《てふ》きでぬぐった。

「大地震がきても、みだりにあわてないように、その心構えだけはしっかりとしておかねばならないね」

「おっしゃる通りでございます」

富士太郎に向かって、完五郎が低頭してみせる。

「では、これで失礼するよ」

完五郎に別れを告げた富士太郎は、珠吉と伊助とともに北園屋をあとにした。

三

昨夜、田端村で起きた火事は、二千戸もの町屋を焼くほどの大火になり、死者も百人近くに上るというが、幸いにも千代田城には火の手が及ばなかった。

午前中の四つ前に千代田城に登城した曲田伊予守は、老中の御用部屋にまっすぐ向かった。御用部屋付きの茶坊主に用件を告げる。

「葛西下野守さまに、お目にかかりたい」

葛西下野守は、千代田城に出仕しているはずだ。下屋敷が燃やされたといっても、老中の役宅はなにごともなかったのだ。葛西下野守本人が、なにかされたわけでもない。

老中という、公儀では最高の地位にいる者が、たやすく休めるはずもない。将軍にも、下屋敷で起きた火事について、詳細を報告しなければならないだろう。

「承知いたしました。いま葛西下野守さまにご都合をうかがってまいります」

襖《ふすま》を開け、茶坊主が御用部屋に入っていく。襖が音もなく閉まり、中が見えなくなった。

畳敷きの廊下に座し、曲田はじっと待った。

殿中は実に静かだ。自分の胸の鼓動が聞こえてくるほどである。

暇潰しというわけではないが、曲田はそれを数えはじめた。

ちょうど五十を数えたとき、さっと襖が開き、先ほどの茶坊主が姿を見せた。

驚いたことに、茶坊主の後ろに葛西下野守が立っていた。

おもしろくなさそうな顔で、曲田をじろりとにらみつけてくる。

「伊予守どの、隣の部屋にまいろう」

廊下に出て、葛西下野守が曲田をいざなった。はっ、とかしこまって答え、曲田は立ち上がった。

先に廊下を歩く葛西下野守が、隣の間の襖を開けた。十畳ほどの広さがあった。この部屋の中を曲田は初めて見た。

敷居を越えた葛西下野守が上座に座り、曲田に入ってこいというように顎を振る。

軽く一礼して部屋に入り、曲田は葛西下野守の前に端座した。

「それで用件はなんだ」

わずかに声を荒くして、葛西下野守がきいてきた。

「葛西下野守さまはすでにお察しだとは存じますが、昨夜の火事についておききしたいのです」

「わしにか。いったいなにをききたいというのだ」

眉根を寄せ、葛西下野守が険しい顔つきになる。

「伊予守どの、わしはなにも知らぬぞ。昨夜は役宅におったし……、火付けに関して、わしがなにか知っていると思うておるのか」

凄みを利かせた声で、葛西下野守が質してきた。

「思っております」

微笑をたたえて曲田は答えた。相手がいくら老中だといっても、一歩たりとも引く気はない。

「葛西下野守さまは、なにかご存じがゆえに、この部屋に移られたのではありませぬか。ほかの御老中の方々に、話を聞かれたくないために……」

一瞬、葛西下野守が詰まったような表情になった。ふん、と鼻を鳴らす。

「知恵者という評判だが、なかなかに頭を巡らせるものよ」

曲田をにらみつけて、葛西下野守がいった。

「だが、わしはまことになにも知らぬのだ」

「さようにございますか」

逆らわずに曲田はいった。

——しかし葛西下野守さまは、いつ見ても悪相《あくそう》よな。

心中密かに曲田は思った。葛西下野守はまぶたが分厚く、瞳が人よりずっと小さい。そのせいで、常に人を冷ややかに見ているような感じを与える。

色の悪い唇は薄く、いかにも酷薄《こくはく》そうである。鼻の頭だけがどうしてか脂ぎり、てかてか光っている。目の下に濃いくまがあり、それだけでなく、顔全体が黒ずんでいた。

——この顔色の悪さでは、おそらく長生きはできまいよ。

もっとも、葛西下野守はすでに六十を超えている。だが、本人は十分に生きたなどと、これっぽっちも思っていないのではないか。もっともっと生きたいと、今も考えているはずだ。

「葛西下野守さま。下屋敷に火を放った者に、まことに心当たりはありませぬか」

曲田が改めてきくと、葛西下野守が小さな瞳を鋭くした。

「あるはずがなかろう」

「材木問屋の岩志屋とは、昵懇《じっこん》の間柄と聞き及んでおります。その岩志屋の貯木堀の木材が燃やされたのも、ご存じですね」

「知っておる」

不機嫌そうに葛西下野守が答えた。

「昨晩の火事と岩志屋の火事は、同じ者の仕業でありましょう。これまで葛西下野守さまは岩志屋と組み、ずいぶんと懐《ふところ》をあたためられたと聞いておりますが、その手の儲け話で買われたうらみなのではないかと、それがしは勘考《かんこう》いたします。ですので、葛西下野守さまに心当たりがないとは、それがしには考えにくいのですが……」

顔を上げ、葛西下野守がじろりと曲田をねめつけてきた。

「わしに向かって、思い切った物言いをするものよ。よい度胸だ」

「二千戸もの町屋が焼かれ、百人近い町人が死にました。いえ、死者はもっと増えるかもしれませぬ。それゆえ、それがしは、仮に葛西下野守さまが老中首座《しゅざ》であろうと、遠慮はいたしませぬ」

その言葉を聞いて、葛西下野守が渋面になった。

葛西下野守がなんとしても老中首座になりたいと願っているのは明白だが、いまだにその座は己《おの》がものになっていない。

今の老中首座は内藤紀伊守《ないとうきいのかみ》であるが、葛西下野守の政敵といってよい男なのだ。老中首座の座を譲り渡すはずがなかった。

「伊予守どの」

わずかに身を乗り出し、葛西下野守がやんわりと呼びかけてきた。

「多くの家が焼けたり、大勢が死んだりしたのは、わしのせいではない」

「おっしゃる通りです。しかし、下手人は葛西下野守さまと岩志屋に明らかにうらみを持っております。それは、はっきりしておりましょう。葛西下野守さま、それほどのうらみを持たれるだけのことを、されたのではありませぬか」

「伊予守……どの」

奥歯をぎりぎりと噛んで、葛西下野守がいった。

「こたびの大火事の責任が、わしにあるというのか」

「二千戸もの町屋を焼き、百人近い死者を出すような大火事を呼び寄せたということで、葛西下野守にもちろん責任はございましょうな」

平然とした顔で、曲田はいい放った。

「なんだと」

顔色を変え、葛西下野守が膝を立てた。腰の脇差を今にも引き抜きそうな表情である。

——抜けるものか。

身じろぎ一つせず、曲田はまるで動ずることなく葛西下野守を見返した。

「葛西下野守さま。付け火の下手人を挙げるためにも、どうか、心当たりをおっしゃってください」

丁重にいわれ、葛西下野守が座り直した。

「だから、心当たりなどないといっておるではないか」

曲田を見据えて葛西下野守がいった。

「まことに心当たりはございませぬか」

決して怯《ひる》まず、曲田はむしろ斬り込むようにきいた。

「ない」

いうやいなや、葛西下野守がすっくと立ち上がった。

「もう刻限だ。これ以上、ここにはおれぬ。役目に戻らねばならぬ」

まだ話は終わっておりませぬ、と曲田はいいたかったが、老中が役目に戻るといっているのを、引き止めることはできない。

「わかりました」

うなずいて曲田は頭を下げた。

襖を開け、葛西下野守が足音も荒く部屋を出ていく。

その際に、憎々しげな眼差しを曲田に浴びせていった。

それを曲田は、はっきりと感じ取った。

――しかし俺も甘いな。いくら老中が相手だといっても、なにも引き出せぬとは……。

ため息をつきたい気分だが、そのような真似をしても仕方がない。

その後、曲田は千代田城を下城し、南町奉行所に戻った。執務部屋に土岐之助を呼ぶ。

間を置くことなく土岐之助が姿を見せた。

「荒俣、葛西下野守さまに会ってきた。だが、まことに不甲斐《ふがい》ないが、葛西下野守さまからはなにも得られなんだ」

向かいに座した土岐之助に、曲田は正直に告げた。

「さようでございますか」

土岐之助が少し残念そうな顔になる。

「荒俣――」

声を励まして曲田は呼びかけた。

「頼みがある。葛西下野守さまが木材絡みで関わったとおぼしき出来事がないか、徹底して調べるのだ。さすれば、きっと下手人につながる糸口が見つかるはずだ」

「はっ、承知いたしました」

「荒俣、頼んだぞ」

「わかりましてございます」

畳に両手をつき、土岐之助が平伏した。

四

曲田から葛西下野守の調べを命じられた土岐之助は、町奉行の執務部屋を出た。

その足で、町奉行所内の例繰方《れいくりかた》の詰所に向かった。

「失礼する」

からりと戸を開けて、土岐之助は例繰方の詰所に入った。

中は古い書物のにおいが立ち籠めており、喉の弱い者なら、むせ返ってしまうのではあるまいか。それほどのにおいの濃さである。

――わしも、昨夜は喉がひどく痛かったからな。大丈夫かな。

土岐之助は自らを危ぶんだが、別に咳は出なかった。喉に痛みもない。どうやら大丈夫そうだ。

「あっ、荒俣さま――」

奥から出てきた高田《たかだ》観之丞《かんのじよう》が、驚いたように辞儀する。確かに、土岐之助がここまで来ることは滅多にない。観之丞に会うのも、いつ以来かわからないほどだ。

高田観之丞は、例繰方の同心である。古い書物のにおいがたまらなく好きだと、口癖のようにいっている。

例繰方という役目は、観之丞にとって天職であるようだ。

うむ、と土岐之助は観之丞に会釈を返した。

「観之丞、一つ頼みがあるのだ」

「はっ、なんでございましょう」

土岐之助をじっと見て、観之丞がかしこまってきく。間髪を容れず、土岐之助は用件を告げた。

「葛西下野守さまの木材絡みの出来事でございますか……」

うむ、と土岐之助はいった。

「例繰方が把握しているのは、番所内の裁きの先例だというのは、むろん知っておる。ゆえに、老中の葛西下野守さまが関わった件を調べてほしいといわれても、無理であるのはわかっておるのだが、ほかに頼めそうな者はおらぬのだ」

「荒俣さま、無理ではございませぬ」

土岐之助にとって思いがけない言葉を、観之丞が口にした。土岐之助は目をみはった。

「まことか。観之丞、なにゆえ無理ではないのだ」

「荒俣さまがおっしゃるように、裁きの先例を調べるのが、我らの最も大事な役目でございます。しかし、それがしの興《きょう》を引いた一件について、いろいろと書き残すようにしてあるのでございます」

「書き残してあるだと。観之丞、それはまことか」

「まことでございます」

「では、葛西下野守さまが木材絡みで関わった件がわかると申すか」

「まずわかると存じます」

自信のありそうな顔で観之丞が答えた。

「では観之丞、頼めるか」

「もちろんでございます」

自信たっぷりの顔で観之丞がいった。

「それで、調べるのに、どのくらいかかりそうだ」

「あの荒俣さま。葛西下野守さまが御老中になってからの出来事を、調べればよろしいのでございますか」

「それでよい。おそらく老中としての権勢を振るい、葛西下野守さまはなにか悪さをしたにちがいない」

「はあ、悪さでございますか」

楽しそうに観之丞が笑う。

「葛西下野守さまが老中になられたのは、三年半ほど前でございましたね」

笑みを消して観之丞がきいてきた。

「そのくらいであろう」

「わかりました。では、ちと調べてまいりますので、荒俣さま、そちらにお座りになってお待ちください。調べ上げるのに、さしたるときはかかりますまい」

観之丞が指し示したところに、座布団が置いてあった。おびただしい書物が入っている書棚のあいだの細い通路である。

「済まぬ」

足を進め、土岐之助は遠慮なく座布団の上に座った。もし大地震が起きて書棚の上から書物がばらばらと落ちてきたら、まちがいなくわしは死ぬであろうな、と土岐之助は思った。なんといっても、書物はどれも分厚く、重さがありそうだ。

――地鳴りが頻発している今は、特に危ないのではないか。

しかし、せっかく座ったのに、地震が怖くて立つのも業腹《ごうはら》である。

――ここは運試しだ。もし座っているあいだに地震が起きて死ぬのなら、それもまた運命であろう。

観之丞は自分の席には戻らず、右端の書棚の前に立った。背伸びをして、何冊かの書物を凝視している。

手を上げ、指を差しつつ書名を確かめはじめた。次から次へと書を見ていく。

やがて、観之丞の指の動きが止まった。

「あった」

うれしそうにいって観之丞がその書物を手に取り、文机の前に座った。軽く息をついてから、その書物を繰りはじめた。

それは書物というより、帳面というほうがふさわしく、厚みはあまりない。しばらく真剣な顔つきで観之丞は帳面をぱらりぱらりとめくっていたが、やがてその手が動かなくなった。

にらめっこをするかのように、じっくりと読んでいるのが、観之丞の目の動きから知れた。

「荒俣さま――」

面を上げて観之丞が呼んできた。

勇んで座布団から立ち上がり、土岐之助は観之丞に近寄った。

「見つかったか」

「これをご覧ください」

観之丞が指で指した所には、御老中葛西下野守永保さま信州森科五万石、と大きな文字で記されていた。

その下に、細かい文字でなにやらびっしりと書かれていた。きれいな字であるのは確かだが、あまりに字が小さすぎて、老眼の土岐之助には読み取れなかった。

「これは、なんと書いてあるのだ」

「一年ばかり前に起きた一件の記事でございます。良質の檜材の産地として知られる木坂三万石が取り潰しになりましたが、その一件を詳しく書き留めてあります」

「いわれてみれば、そんな一件があったな。覚えておるぞ。確か、木坂三万石の殿さまの仲林左衛門尉さまが松之廊下で、土屋甲斐守さまを斬り殺した一件だな」

「さようにございます」

きりりとした顔で観之丞が顎を引いた。

「詳しく申し上げますと、今から一年前、仲林左衛門尉さまが殿中の松之廊下で乱心し、脇差を抜いて旗本で書院番頭の崎岡平太夫さまに斬りかかりました。後ろからそれを抱き止めようとした信濃国木和田《きわだ》一万三千石の土屋甲斐守さまを、仲林左衛門尉さまが斬り殺したのでございます」

「そうであったな」

仲林左衛門尉満春は周りの者に取り押さえられ、仲林家の一族である稲生筑前守忠且の屋敷に預けられたが、翌日、切腹して果てた。

その後、仲林家は取り潰しになり、家臣は散り散りになった。

運よく他家に仕官できた者がどれだけいたか、土岐之助は知る由もなかった。

「観之丞、その刃傷沙汰に葛西下野守が関わっているというのか」

「木坂は、葛西下野守さまの領地である森科の隣でございます」

むっ、と土岐之助は意表を突かれた思いだった。

「そうなのか……」

土岐之助は、信濃国の地理にはまったく詳しくない。

「そうなのです」

「それで――」

土岐之助は観之丞に先を促した。

「信州木坂三万石を取り潰す際の仕置きには、当然でございますが、葛西下野守さまが絡んでおりました」

「そうであろうな。老中が取り潰しの仕置きをするのは当然だ」

「取り潰されたあとの木坂がどうなったか、荒俣さまはご存じでございますか」

「まったく知らぬ」

「公儀がじかに治めております」

「そうか。では、公儀の代官が置かれておるのだな」

「さようにございます。隣ということもあり、仲林家取り潰しの際、城の受け取りに出向いたのは、葛西下野守さまに仕える国家老《くにがろう》でございます」

「ほう、そうだったのか」

「城の受け渡しはつつがなく終わり、仲林家は取り潰しになりました」

うむ、と土岐之助はうなずいた。観之丞が言葉を続ける。

「いま木坂には、先ほど荒俣さまがおっしゃったように代官が置かれています。それが誰か、荒俣さまはおわかりになりますか」

きかれて土岐之助は、ぴんときた。

「葛西下野守さまの息のかかった者だな」

「さようにございます。葛西下野守さまに仕える国家老の家臣が、木坂に赴いているようでございます」

「そうなのか。おい、観之丞」

腕組みをして土岐之助は呼んだ。

「先ほど、木坂は檜の良材の産地と申したな」

「申し上げました。ついでにいえば、葛西下野守さまの領地の森科も、檜で名が知られています。そのあたりの檜の山は、木坂と森科とで、おそらくひと続きになっているのでありましょう」

そういうことか、と土岐之助は思った。

「木坂三万石が取り潰されて、その檜の山を葛西下野守さまが一手に引き受けることになったのだな」

「さようにございます」

土岐之助をじっと見て観之丞が肯定する。

「そうか、檜の良材を産する二つの領地を、葛西下野守さまは我が物にしたのか」

「それで得られる金は、おそらく莫大なものでございましょう」

たぶん数万両ではきくまい、と土岐之助は思った。

「木坂で得た檜は、いったいどこに流れているのか」

土岐之助は自問した。

——調べるまでもあるまい。

木坂で取れた檜を岩志屋が売り、利益の何割かを葛西下野守に戻すという構図ができているのだろう。

その構図に気づき、岩志屋と葛西下野守の下屋敷に火をつけた者がいたのだ。

——だが、それだと辻褄の合わぬところがあるな……。

仲林左衛門尉どのが乱心したのは、と土岐之助は思った。

——別に、葛西下野守どののせいではあるまい。

仲林左衛門尉が土屋甲斐守を斬り殺したのも、葛西下野守のせいではない。

葛西下野守は老中として、仲林家の取り潰しを取り扱ったに過ぎない。

それなのに、なにゆえ下屋敷に火を付けられなければならないのか。

なにか妙だ、と土岐之助は思った。

——いや、もしや仲林左衛門尉どのの乱心に葛西下野守さまは関わっているのか。

そうかもしれぬ、と土岐之助は考えた。

——しかし、どうすれば自分の思うがままに、人を乱心させられるものなのか。なにか手立てがあるのだろうか……。

とにかく、と土岐之助は決意した。これまでに調べのついたすべてを、町奉行に知らせなければならない。

観之丞に厚く礼を述べ、土岐之助は例繰方の詰所をあとにした。

足早に曲田の執務部屋に向かう。

五

まったく冗談じゃないよ、と資右衛門は歩きながら思った。

油を撒かれて火をつけられて燃えたのは、木坂三万石が取り潰しになったあとに得た木材だけではなく、岩志屋が金を出して仕入れた木材もあったのだ。

幸いにしてその数は少なく、火事場にやってきた樺山とかいう町方役人の前では、なんとか平然としていられたが、ときがたつにつれ、良材を失ったことが資右衛門は腹立たしくてならなくなった。

――それにしても寒いな。

それすらも頭にくる。

――このくそ寒い中、なんで寄合なんざに行かねばならんのか……。

しかし、どうしても行かなければならない。資右衛門にも面目《めんぼく》というものがある。

資右衛門の前を行くのは番頭の次郎八《じろはち》である。できるならことなら寄合には行きたくないが、ここでもし行かずにいると、商売仲間になめられかねないのだ。

あの程度の火事では、岩志屋資右衛門はまったくへこたれていないのを、商売仲間に見せつけなければならない。

今日の寄合は、二月《ふたつき》も前に行われることが決まっていた。会場になっている深川佐賀町にある料亭七乃佳《なのか》で供される鴨肉は、悶絶するほどのうまさだ。

思い出しただけで、涎《よだれ》が出てきそうだ。

——まあ、あれが食えると思えばよいか。あれを食って、さっさと退散すれば、よかろうよ。

「おっ」

不意に資右衛門は、地面が揺れているのを感じた。足を止め、耳を澄ませる。いつも前触れとなっている地鳴りは聞こえなかったな、と資右衛門は思った。

——きっと外にいるせいだろうな。

「あっ、地震ですね」

資右衛門のほうを向いて、次郎八がいう。

「次郎八、気づくのが遅いぞ」

あきれて資右衛門は笑うしかなかった。

「あれ、ああ、さようですか。申し訳ありません」

「別に謝らずともよい。それに、どうせ大した揺れにはなるまい。この揺れも、きっとすぐにおさまろう」

「ええ、手前もそう思います」

資右衛門の言葉通り、地震はすぐにおさまった。

どうせなら、とまた歩き出しながら資右衛門は思った。

——この世の終わりのような大地震が起きてくれたら、うれしいのだがな……。大地震がくれば、必ず大火事が起きようというものだ。そうすれば、また木材が高く売れる。新たに蔵が建つというものだ。

その伝《でん》でいえば、昨晩の大火事はよかったのではないか。

火元が葛西下野守の下屋敷で、さらに火を放たれたというのには驚かされたが、二千戸もの家が燃えたらしい。

——きっと、またたくさん注文がくるってものだよ。ああ、楽しみだね。楽しみでならないよ。

先ほどまでの腹立たしさはどこかに消え、喜びが資右衛門の胸を浸している。

——今日は昼間からの酒か。

いつ以来かわからないほど、久しぶりだ。

——昼間の酒は、ことのほかうまいからな。

深川佐賀町が近づいてくるにつれ、資右衛門はむしろ寄合に出るのが楽しみになってきた。早く七乃佳に着かないものか、とまで思った。

不意に、前を行く次郎八が足を止めた。

「どうした」

資右衛門は、次郎八に声をかけた。次郎八は振り向かない。

次郎八の前途を遮るように立っている者がいるのに、資右衛門は気づいた。

——なんだい、この侍は。

なにか細長い物を手にしている。

——槍ではないか。

げっ、と資右衛門は声を出しそうになった。

――この侍は、仲林家の者ではないか。

わしを殺しに来たのだ、と資右衛門は恐怖を覚えた。用心棒は手配りしたばかりで、そばにはまだいない。

――逃げなければ……。

わずかに顔を動かして、侍が資右衛門をにらみつけてきた。その眼光のあまりの強さと鋭さに、資右衛門の腰が抜けそうになった。

――うっ、動けない。

まるで金縛りに遭ったかのようだ。しかも喉が干からびたようになり、声も出ない。

「あの、なにか御用ですか」

どこかのんびりとした口調で次郎八がきいた。馬鹿、と資右衛門は心で次郎八を罵《ののし》った。

――わしを殺しに来たんだ。

侍から応えはなかった。四十代半ばと思える男は、ただ黙って資右衛門をにらんでいた。

——木場町の材木に油を撒いて火を放ったのは、こやつだよ。

その者が自分の前にあらわれたのだ。

——逃げなければ。

資右衛門が思った瞬間、次郎八が、ぎゃあ、と悲鳴を上げた。

瞠目《どうもく》した資右衛門の口から、げっ、という声が漏れた。次郎八が槍で胸を貫かれたのがわかったからだ。

次郎八の背中から穂先が突き出ていた。

——うわっ。

目の前で起きているのに、それがうつつの出来事だとは、資右衛門は信じられなかった。

次郎八の体から引き抜かれた槍が、今度は資右衛門に向かってきた。

「うわっ」

今度は声が出た。同時に逃げようとしたが、侍の足のほうが速かった。前に回り込まれた。侍が槍を伸ばす。

あっという間に、穂先が資右衛門の眼前に迫った。よける間もなかった。どん、と鈍い音が耳を打った。

資右衛門は、胸に槍が刺さったのを知った。

「覚えたか」

男の声がした。槍が引き抜かれた。支えを失った資右衛門は、地面にどうと倒れ込んだ。

「うわっ、人殺しだ」

「人が殺されたぞ」

「二人だ、二人」

通行人の声を資右衛門は聞いた。

――馬鹿をいうな。わしはまだ死んでおらんぞ。生きておる。槍に刺されたくらいで、くたばるわけがないではないか。

去り行く侍の後ろ姿が、資右衛門の瞳に映った。見覚えがあるようには思えなかった。人殺しだ、と叫ぶ声がまた聞こえた。

――仲林さまの縁者だな。

いや、縁者ではないか。仲林家の家臣だった男かもしれない。

――ああ、やはりわしは死ぬのか。

まさか今日が命日になるとは、夢にも思わなかった。

——ああ、くそう。まだ生きたい。大地震をこの目で見たい……。

それを最後に、資右衛門の脳味噌は働きを止めた。

六

地鳴りがした。

だが、地面の揺れにはつながらず、何事もなくおさまった。

よかった、と富士太郎は安堵した。その途端、寒風が吹きつけてきた。

空は冬らしく晴れ渡っているが、その分、風がひどく冷たい。

——ああ、どこかで甘酒を飲みたいねえ。

そうすれば、体も温まり、寒風など物ともしなくなるだろう。

しかし、今は茶店に寄っている暇はなさそうだ。火付けの下手人を一刻も早く捕らえなければならないからだ。

——これまでにつかんだことを、荒俣さまにお伝えしておくほうがいいかもしれないね。それに、荒俣さまのほうでもなにかつかんでいるかもしれないし……。

いったん番所に戻ったほうがいいね、と富士太郎は判断し、深川木場町の岩志屋から南町奉行所を目指した。

町奉行所の大門のところに珠吉と伊助を残し、土岐之助の詰所に赴く。だが、そこに土岐之助はいなかった。

小者の住吉によると、土岐之助は奉行に呼ばれたそうである。

「そうかい、御奉行のところにいらっしゃるのか」

ならば御奉行のもとに行ってみるか、と富士太郎は思った。

――荒俣さまだけでなく、御奉行にも話を通しておくのはいいだろうね。

住吉と別れ、富士太郎は町奉行の執務部屋に向かった。

執務部屋の前には、内与力《うちよりき》の大沢六兵衛《おおさわろくべえ》が座っていた。

内与力とは町奉行所の与力ではなく、もともとは町奉行自身の家臣である。旗本が町奉行になるにあたり、自らの家臣を与力として使うのだ。

「これは樺山どの。よくいらしてくださった」

廊下に両手をつき、六兵衛が丁寧に挨拶してきた。

廊下に素早く端座し、富士太郎も挨拶を返した。

「御奉行に御用でござるか」

「いえ、そうではないのです」

否定して富士太郎は六兵衛に問うた。

「こちらに、荒俣さまはいらっしゃっていますか」

荒俣さまですか、と六兵衛がいった。

「先ほどまで、御奉行と面会されていましたが、もうお帰りになりました」

「えっ、そうなのですか」

富士太郎は考えてもみなかった。土岐之助はいったいどこに行ったのか。

「詰所には、いらっしゃらぬのですか」

気がかりそうな顔の六兵衛にきかれ、富士太郎は首を縦に動かした。

「ええ、詰所にお姿は見えませぬ」

「さようですか。どこに行かれたのか」

「ちょっと捜してみます。大沢さま、ありがとうございました」

「いえ、なんのお役にも立ちませぬで、まことに申し訳ありませぬ」

「とんでもない」

六兵衛の前を辞し、富士太郎は再び土岐之助の詰所に足を運んだ。

近づいてきた富士太郎の顔を見て、住吉が済まなそうにする。

――荒俣さまは、まだ戻っていらっしゃらないんだね。

得心した富士太郎は住吉にうなずいてみせた。体を返し、定廻り同心の詰所に向かう。

――もしかしたら、おいらの文机に荒俣さまの書き置きが、置いてあるかもしれないよ。

母屋の玄関に向っている最中、あれ、と富士太郎は頓狂《とんきょう》な声を上げた。目が土岐之助の姿を目で捉えたのだ。

「荒俣さま――」

声をかけて、富士太郎は足早に近づいていった。

「おう、富士太郎。戻っていたか」

足を止めた土岐之助が笑い、手を上げた。はっ、と答えて富士太郎はなにゆえ戻ってきたか、簡潔に説明した。

「なるほど、これまでにわかったことを、わしに伝えようと思ったのか」

「さようにございます」

「そうか。富士太郎、わしもわかったことがあったぞ。いま例繰方に行ってきたところなのだ」

「では、高田観之丞どのに会いに行かれたのでございますか」

そうだ、と土岐之助がうなずいた。

「今からわしは御奉行のもとへ行こうと思っていたのだが……。富士太郎、わしの詰所に来てくれぬか」

「お安い御用でございます」

富士太郎は広い背中を目にしつつ、土岐之助の詰所に向かった。

土岐之助の姿を認めて、住吉がほっとした顔を見せる。うれしそうに富士太郎に笑いかけてきた。

住吉に笑い返し、富士太郎は土岐之助に続いて詰所に入った。文机の前に土岐之助が座す。その向かいに富士太郎は端座した。

判明した事実を互いに語り合ったが、驚いたのは富士太郎のほうだった。

「なんと、一年前の仲林左衛門尉さまの殿中での刃傷沙汰が、こたびの火付けの発端《ほったん》なのでございますか」

半ば呆然としながら、富士太郎は土岐之助に確かめた。

「どうやらそのようだ。しかし、わしは釈然とせぬ事柄が一つある」

土岐之助の言葉の意味を、富士太郎は考えてみた。

「悪いのは殿中で乱心し、土屋甲斐守さまを斬り殺した仲林左衛門尉さまではないか、ということでございますか」

「おう、その通りだ」

よくわかったな、という顔で土岐之助が富士太郎を見る。

「ただ、その事実は火を放った下手人も、わかっているはずだ。それでも、あれだけの残忍な行いをしてのけたのは、悪いのは仲林左衛門尉ではなく、葛西下野守と岩志屋であると信じて疑っておらぬゆえではないかと、わしは思い直したのだ」

「それはつまり……」

下を向き、富士太郎は再び考え込んだ。

「仲林左衛門尉さまの乱心に、葛西下野守さまが関わっていると、荒俣さまはおっしゃるのでございますか」

「そう考えぬと、なにゆえ下手人があそこまでしてのけたのかという説明が、どうしてもつかぬ」

確かにその通りだね、と富士太郎は思った。

「荒俣さまは、木坂三万石を取り潰しに追い込むために仲林左衛門尉さまを乱心させ、土屋甲斐守さまを斬り殺させたと、お考えでございますか」

「葛西下野守さまは、仲林左衛門尉どのを乱心させ、人を殺させることこそが目的で、別に殺すのは土屋甲斐守さまでなくともよかったはずだ」

「では、土屋甲斐守さまはたまたま犠牲になったのでございますか」

「そうであろうよ。仲林左衛門尉どのに人を殺させ、木坂三万石を取り潰しに追い込む。それで木坂の檜を我が物とする。こういう筋書だ」

なるほど、と富士太郎は相槌を打った。

「しかし荒俣さま。いったいどうすれば、仲林左衛門尉さまを乱心させられるのでございましょう」

「わしにも、それがわからぬ」

唇を嚙み締め、土岐之助が首を横に振った。

「下手人は、仲林家の家中の者が大切に育て上げた檜を横取りされたと考えたのかもしれぬ。しかし、葛西下野守さまと岩志屋をうらみに思うのは、やはり筋ちがいではないかと、わしは考えざるを得ぬ」

だが下手人は、葛西下野守と岩志屋が悪いと、明らかに確信を抱いているのだろう。

──仲林左衛門尉さまを乱心させる手立てが、まちがいなくあったんだよ。

それはいったいどんな手なのか。

──やはり薬かな。

それしかないような気がする。

──でも、人を乱心させる薬なんて、この世にあるのかな。

その手の薬があるとして、それを三万石の大名にどうやって飲ませるというのか。

──なんといっても、大名には毒味役という者がいるんだよ。

しかも、それは一人ではない。

──その網をかいくぐって薬を盛るだなんて、本当にできるものなのかな。

富士太郎は首をひねるしかなかった。

そこに、あわただしい足音が聞こえてきた。住吉ではない影が、腰高障子に映り込んだ。その影が、住吉となにか話をしていた。

「荒俣さま──」

腰高障子越しに住吉の声がかかった。

「どうした」

失礼いたします、といって住吉が腰高障子を開けた。住吉の背後に、同心詰所付きの小者の守太郎の顔があった。

「守太郎じゃないか」

富士太郎は驚きの声を上げた。守太郎も富士太郎を見てびっくりしている。まさかここにいるとは思わなかったのだろう。

「守太郎、いったいなにがあったんだい」

「岩志屋のあるじ資右衛門が、番頭の次郎八ともども殺された由《よし》にございます」

——ああ、やはりそうだったかい……。

資右衛門の死を守太郎から聞かされたとき、富士太郎はそうとしか思わなかった。

今日、会ったときに骸のようにどす黒く見えた岩志屋の顔を富士太郎は思い出した。

——あれは正夢だったのだろうか。おいらは真っ昼間に夢を見ていたのか。

「岩志屋はどこで殺されたのだ」

これは土岐之助がきいた。はっ、と守太郎がかしこまった。

「深川富久町《ふかがわとみひさちょう》でございます」

はきはきとした口調で、守太郎が答えた。

「本日、岩志屋は昼間から材木問屋の寄合があったらしく、深川佐賀町にある料亭に向かっている途中でございました」

「わかった」

強い声でいった土岐之助が富士太郎を見、命じてきた。

「富士太郎、行ってまいれ」

「はっ、承知いたしました」

深く頭を下げてから、富士太郎は立ち上がった。大門で珠吉と伊助を拾い、深川富久町に急行した。

深川富久町に入ると、すぐに人だかりが見えた。あそこで二人は殺されたんだね、と富士太郎は見当をつけた。

「お役人が来たよ。ちょっと道を空けてくれ」

大きな声を上げて、伊助が野次馬たちを脇にどかす。実に手際がよく、見ていて気持ちがよい。

二つの筵《むしろ》の盛り上がりが、富士太郎の目に入った。哀れな、と思う。今日、会ったばかりの男が死んだのだ。

富士太郎はしゃがみ込み、筵をめくった。一つ目の筵の下には、次郎八らしい男が横たわっていた。

富士太郎は二つ目の筵を取りのけた。資右衛門の顔があらわれた。

——ああ、この顔だよ。

資右衛門の顔はどす黒かった。さきほど、資右衛門と会ったとき、富士太郎はまさしくこの顔を見たのである。

医師の福斎《ふくさい》が来ており、すでに検死を終えたところだった。

「先生、お疲れさまです」

「おう、樺山さん」

いつものように明るい顔で、福斎が手を上げた。

福斎には、鉄砲洲に上がった死骸の検死を最近してもらった。そのときの死骸は金之丞という元岡っ引で、伊助が下っ引として働いていた男である。

福斎は八丁堀の近くで医療所を開いており、深川富久町ならさして遠くないから、町役人の誰かが検死を頼んだのだろう。

「先生、いかがでしたか」

「二人とも、鋭利な刃物で胸を一突きにされています。得物は諸刃《もろは》ですね」

えっ、と富士太郎は驚いた。

「槍のような物ですか」

「さようです。手前は、まちがいなく槍だと思います」

そのやり取りをそばで聞いていた男が、富士太郎にいった。

「得物は槍ですよ」

富士太郎はその男に目を向けた。

「どうしてわかるんだい」

「真っ昼間ですから、二人が刺し殺されたのを目の当たりにした者が何人もいるんですよ」

「ああ、そうなんだね。ところで、おまえさんは何者だい」

物腰と身なりのよさから、町役人《ちょうやくにん》の一人だろう、と富士太郎は思った。

「あっ、済みません」

あわてて男が腰を折った。

「手前は、ここ深川富久町で町役人をつとめております宇平太《うへいた》と申します」

「宇平太だね。おいらは樺山富士太郎というよ。こたびは、たまたま岩志屋の一件に当たることになった。よろしく頼むよ」

「こちらこそよろしくお願い申し上げます」

富士太郎に向かって宇平太が辞儀する。

「手前を呼んだのも、この宇平太さんですよ」

横から申し添えるように、福斎が富士太郎にいった。

「ああ、そうだったんですね」

富士太郎は福斎に向き直った。

「福斎先生、検死をしていただき、まことにありがとうございました。なにか、それがしに伝えておく事柄はありますか」

富士太郎は丁重にきいた。

「いえ、これというほどのものはありません。こたびの検死に関しては、できるだけ早く留書にして御番所に提出させていただきますよ」

「承知しました。福斎先生、どうか、よろしくお願いいたします」

「では、手前はこれにて失礼させていただきます」

一礼した福斎が、薬箱を持った助手の祐太郎《ゆうたろう》に目くばせした。二人の姿は野次馬たちの垣に遮られ、すぐに見えなくなった。

「それで宇平太。二人が殺されるところを見た者が何人かいるっていったけど、どこにいるんだい。話を聞きたいんだが……」

「実は、手前もその一人でございます」

軽く頭を下げて宇平太が告げる。

「えっ、そうなのかい」

富士太郎は少し驚いた。町役人が犯行を目にするなど、初めて聞いた。

「それで、犯行はどのように行われたんだい」

さっそく富士太郎は宇平太に問いを投げた。ええ、といって宇平太が揉み手をする。

「一人の侍が、木場町から歩いてきた二人の行く手を遮り、なにもいわずにまず番頭の次郎八さんを槍で刺し殺したんです。それを見た岩志屋さんはあわてて逃げ出そうとしたんですが、侍の足の運びは恐ろしく速かったんですよ。岩志屋さんの前に立ちはだかり、また槍を突き出したんです。岩志屋さんも胸を刺され、地面に倒れました。二人は、まさにあっという間に殺されてしまったんです」

宇平太の声が震えを帯びた。

「そのあと下手人はどうしたんだ」

あくまでも冷静に富士太郎はきいた。

「穂先から血が滴《したた》る槍を肩に担いで、すたすた歩いていきました。歩いていったのは、富岡八幡宮のほうでしたね」
「すたすた歩いていったのかい。誰も捕まえようとしなかったのかい」
「そいつは無理ですよ」
怖《お》じ気《け》をふるうように宇平太がいった。
「目にもとまらぬ槍遣いでしたよ。あんな化け物のような侍にもし手出しをした
ら、殺されてしまいますからね。捕らえようなんて考えた者は、一人もいないと
思いますよ。この近くで剣術道場を開いている師範も、腰を抜かして、ただ見送
るだけでしたからね」
「剣術道場の師範がね……」
しかし槍とは、と富士太郎は改めて考えた。
——猪野口熊五郎を殺した得物と同じかもしれないよ。検死をした観擅先生
は、諸刃だとおっしゃっていたものねえ……。
ふむう、と富士太郎はうなった。
——岩志屋の貯木堀の材木と葛西下野守さまの下屋敷に火をつけた者が、資右
衛門主従《しゆじゆう》を殺したのはまずまちがいないよ。それが、猪野口熊五郎の一件とつな

がっているのかい。まさかだねえ……。

　富士太郎は考えもしなかった。

　──そういえば、石見守鎮胤から、猪野口熊五郎も信州の大名の元家臣だったかもしれないのがわかったんだよね。

　熊五郎はどこの大名家に仕えていたのか。先ほど土岐之助から聞いたばかりだが、取り潰しになった仲林家の者なのだろうか。それとも、仲林左衛門尉に斬り殺された土屋甲斐守の家中だったのか。

　──まさかとは思うけど、葛西下野守さまの家中ではないよねえ。

　わからないねえ、と富士太郎は思った。

　──でも、もっともっと深く探索していけば、きっとわかるよ。

「その二つの仏ですが……」

　宇平太が、うかがうような目で富士太郎を見ている。

「うん、なんだい」

「木場町の岩志屋さんまで、運んでも構いませんか」

「ああ、そうだね。運んでもらっていいよ」

「ありがとうございます」

低頭して宇平太が礼を述べた。

「では、大八車《だいはちぐるま》で運びます」

「よろしく頼む」

富士太郎は宇平太にいった。宇平太がこの場を去った。

「富士太郎さん――」

そのとき、いきなり横合いから呼ばれた。

――この声は。

富士太郎は、さっとそちらに顔を向けた。案の定、直之進が立っていた。

「直之進さん……」

まさかここに直之進があらわれるなど、富士太郎は思いもしなかった。

「どうしてここに」

すぐさま富士太郎はたずねた。

「秀士館の道場を燃やされて、俺は腹が煮えてならぬのだ」

「無念なお気持ちはよくわかります」

心からの同情を込めて富士太郎は口にした。

「いったい誰が葛西下野守の下屋敷に火を放ったのか、俺は調べはじめた」

はい、と富士太郎は相槌を打った。

「田端村の界隈を聞き込んでいるうちに、同じように付け火をされたという材木問屋の岩志屋の名が出てきたのだ。葛西下野守と岩志屋は親しい関係であるのも、そのときにわかった」

「ああ、なるほど」

十分にあり得るだろうね、と富士太郎は納得した。直之進が言葉を続ける。

「深川の木場町で起きた火事と昨夜の大火事は同じ根を持つのではないか、との考えに俺は至った。なんとしても岩志屋資右衛門に話を聞こうと思い、木場町に赴こうとしていたところに、富士太郎さんたちがいたのだ」

「ああ、そうだったのですね」

富士太郎さん、と直之進が呼びかけてきた。

「殺されたのは、岩志屋主従らしいな」

「さようです」

唾を飲み込んだ富士太郎は、これまでわかっているすべてを包み隠すことなく直之進に語った。

「仲林家……」

「ご存じですか」

「信州木坂で三万石を領していた大名であるのは知っている。だが、せいぜいその程度のものだ」

「さようですか」

「仲林左衛門尉が薬を盛られ、乱心したのかもしれぬ。しかもそれに老中の葛西下野守どのが関わっているかもしれぬのか……」

「あくまでも、当て推量ですが」

「いや、富士太郎さんの勘は鋭い。まちがいなくその筋書で合っているだろう」

確信の籠もった声で直之進がいった。

「わからないのは、どうやって仲林左衛門尉さまに薬を盛ったか、盛ったとしてどんな薬を用いたのか……」

「それは追々わかるだろう。今はその槍の遣い手を捜せばよい」

「おっしゃる通りです」

ふむ、と直之進が顎をなでてつぶやいた。

「次に狙われるのは葛西下野守かもしれぬ」

「それがしも同じ気持ちです。襲われぬわけがありませんよ」

「この町で岩志屋主従が殺されたことは、葛西下野守に伝わったかな」

「ええ、なにしろ御老中ですからね。江戸のさまざまな場所に網を張っているでしょうから、岩志屋の死を知っていても、なんら不思議はありませんね」

「そうだな」

富士太郎の言葉に直之進が同意した。その瞬間、富士太郎はぎくりとし、直之進を恐る恐る見やった。

直之進の全身から、異様に熱い気が発せられているのだ。

――まちがいないよ。これではまるで、大火鉢に当たっているかのようじゃないか。

直之進がどれだけ怒っているか、その強さを富士太郎は思い知ったような気分である。

七

岩志屋主従が殺されたという報に接し、曲田伊予守は再び千代田城に登城した。

御用部屋に赴き、葛西下野守と会った。

「またそなたか」

胡散臭《うさんくさ》げな目で見て、葛西下野守がうるさそうにいった。

「隣の部屋にまいりましょう」

今度は曲田から誘った。

「いや、ここでよい。そなたがなにをいいたのか、わしはわかっておるゆえな」

相変わらず不機嫌そうだが、意外に穏やかな声音でいった。

「まことでございますか」

「ああ、まことだ」

小さな瞳を動かし、葛西下野守が曲田をねめつけてきた。

「深川富久町において、岩志屋資右衛門が殺されたというのであろう」

本当にご存じであったか、と曲田は思った。

「わしは老中だ。変事を告げ知らせてくる者は、いくらでもおる」

別に誇るような口調でもなく、葛西下野守がいった。

「葛西下野守さま、やはり隣の間にまいりませぬか」

改めて曲田はいざなった。

「よかろう」

素直に畳敷きの廊下を歩き、葛西下野守が隣の間の襖を横に滑らせた。

部屋に入った曲田と葛西下野守は、向かい合って座った。

「岩志屋の死のほかに、そなたはなにか話があるのだな」

葛西下野守のほうから口を開いた。

「ございます」

葛西下野守の目を見て、曲田はうなずいた。

「葛西下野守さまは、旧木坂領から、檜の横流しをされていますね」

丹田に力を込めて曲田はいった。曲田を見つめた葛西下野守が眉をひそめる。

ほう、と曲田をいかにも馬鹿にしたような声を発した。

「老中に向かって、ずいぶん思い切った物言いをするものよ」

葛西下野守に動じた様子はなかった。

「たかが町奉行の分際《ぶんざい》でな。度胸がありすぎるのか、それともただの愚か者なのか……」

ふう、と息をつき、葛西下野守が身を乗り出してきた。

「伊予守どの、証拠はあるのか」

「ありませぬ」

笑みをたたえて曲田は答えた。

「そうか」

瞬きのない目を曲田に当てて、葛西下野守がつぶやいた。

「伊予守どの、老中にあらぬ疑いをかけて、なにもないと思うな」

葛西下野守が曲田を恫喝《どうかつ》してきた。しかし、それで怯むような曲田ではない。

「あらぬ疑いでないことは、葛西下野守さまが一番にご存じのはず」

葛西下野守はなにもいわず、ただ曲田を見つめている。

「葛西下野守さま」

静かな声で曲田は呼びかけた。

「次は葛西下野守さまの番でございましょう。くれぐれもお気をつけなされませ。槍を得物としている者は、相当の遣い手であるのは紛《まぎ》れもありませぬゆえ」

葛西下野守に向かっていい捨てた曲田はすっくと立ち上がり、襖を開けてさっさと部屋をあとにした。

くそう、と葛西下野守永保は歯ぎしりした。

立ち上がった葛西下野守は部屋を出て、廊下を歩いた。

御用部屋に入り、風邪気味ゆえ早退させていただく、と他の老中に断った。再び廊下に出る。

お大事にな、という声が葛西下野守の背中にかかった。その声がどこか冷ややかなのは、老中首座の内藤紀伊守が発したものだからであろう。

くそう、と思ったが、葛西下野守はなにもいわなかった。

大玄関で刀を受け取り、雪駄を履いた。下乗橋《げじょうばし》まで行き、供の者たちに声をかけた。

「よいか、わしの身辺《しんぺん》の警固《けいご》を、今までよりも厳重なものにするのだ。わかったか」

「わかりました」

近臣たちが声を揃えて答えた。供の者は五十人ばかりいる。

そのうち侍は十五人ばかりだが、いずれもなかなかの遣い手といってよい。ほとんどの者が免許皆伝の腕前である。

「襲ってくる者がいるやもしれぬ。決して気を緩めぬように」

宣《せん》して、葛西下野守は乗物《のりもの》に乗った。引戸を閉めると、乗物がすぐに動き出した。

老中が行列を組んで千代田城に登城する際は、変事が起きてもそれを町人たちに覚らせないために、常に供の者は駆け足で行く。

だが、下城の際はそんな真似をする必要はない。それでも葛西下野守は供の者を叱咤し、足を急がせた。

走るように動く行列を襲うのは、たやすいものではないはずなのだ。

それに、葛西下野守自身、一刻も早く役宅に入りたくてならない。

役宅に入ってしまえば、さすがに刺客は襲ってこないだろう。

――岩志屋主従を殺したのは、やはり仲林家の旧家臣だろうか。

それしか考えられない。だが、なぜ企《たくら》みが刺客にばれたのか。

わからぬ、と葛西下野守は思った。

――いや、やはり神谷伊兵衛《かみやいへえ》の筋ではなかろうか……。

きっとそうにちがいない、と葛西下野守は確信した。

そのときいきなり、がたんと音を立てて乗物が地面に落ちた。乗物の中で葛西下野守はつんのめった。弾みで頭を打った。痛いが、なんとか我慢した。

「どうした」

叫んだときには、なにが起きたのか、葛西下野守は覚っていた。

——やはり刺客があらわれたか。

引戸をさっと開け、葛西下野守は顔をのぞかせた。ぎくりとした。背筋が凍る。

槍を手にした男がそばに立っていたからだ。

駕籠昇《かごか》きが二人、血を流して地面に倒れているのが目に入った。この乗物を止めるために、刺客が容赦なく殺したのだろう。

——なんと酷《むご》い……。

供の者たちが抜刀《ばっとう》し、気合をかけて刺客に斬りかかっていく。

だが、腕がちがいすぎた。刺客が槍を突くたびに。供の者が血しぶきを上げて死んでいく。

あっという間に七、八人が突き殺された。そのために生き残った供の者は命を惜しんで、刺客に斬りかかろうとしない。

「やれ、やるのだ」

葛西下野守は供の者に命じたが、足に重しがついているかのように誰一人として動こうとしない。

血の滴《したた》る槍を手に、刺客がすたすたと乗物に近づいてきた。

——ま、まずい。

葛西下野守はあわてて乗物の外に出ようとした。

「死ねっ」

刺客が乗物に向けて槍を突き出してきた。どす、と音がした。見ると、穂先が体をかすめるようにして行き過ぎたのが見えた。

「うわっ」

その声で刺客は、突きが外れたのを知ったようだ。もちろん、手応えでもわかっていたのだろう。

槍がしごかれ、もう一度、乗物に突き刺された。

だが、そのときには葛西下野守は乗物の外に逃れていた。刺客がいる反対側から外に出たのだ。

「しぶといやつだ」

あきれたような声を出し、刺客が葛西下野守に近づいてくる。まさに飛ぶような足取りである。

——あの足さばきに、岩志屋はやられてしまったのだな。

このままでは、命がない。だが、足がもつれ、葛西下野守はうまく動けなかった。

すぐそばに刺客が立った。

――まるで蛇が舌なめずりをしているような顔だ。

葛西下野守には、刺客の表情がそう見えた。

「頼む、殺さぬでくれ」

両手を合わせて葛西下野守は懇願した。だが、刺客は聞く耳を持っていなかった。

「死ねっ」

無慈悲にいって刺客が槍を突き出してきた。もう駄目だ、と葛西下野守は目を閉じた。

いつまでたっても、胸を貫く痛みはやってこなかった。

恐る恐る目を開けると、槍の穂先が眼前にあった。げっ、と思ったが、槍の柄《え》が刀に上から押さえつけられているのが知れた。

――なんだ、これは。

驚いて見ると、覆面をした侍が刺客の槍を動かないようにしていたのだ。誰だこやつは、と葛西下野守は思った。

——誰か知らぬが、老中が襲われているのを見過ごせなかったのだろう。なにゆえ覆面をしているのか、それはわからなかったが、その隙に、葛西下野守は履物も履かずに逃げ出した。

「待てっ」

刺客が声を放ったが、むろん葛西下野守は聞く耳を持たなかった。

——とんでもない男がこの世にいる。

一人で走り続けて、葛西下野守はなんとか役宅にたどり着いた。役宅に居残っている者たちが葛西下野守を見て、驚いている。

「殿、いったいどうされたのですか」

説明するのも面倒くさい。

「あとでいう」

いい捨てるようにして、葛西下野守は廊下を歩き出した。

外はひどい寒気だったが、びっしょりと汗をかいていた。体は熱気を孕《はら》んでいた。

葛西下野守は居室に落ち着いた。座るのも大儀でごろりと横になった。腕枕をする。

——しかし、仲林家にあれほどの槍の遣い手がいたのか……。信じられぬ腕だったな。

あの刺客はすべてのからくりを知っているのだろう。

——しかし、どうしてあの刺客にすべてが露見したのか。我らの秘密がいったいどこから漏れたのか……。

それが不思議でならない。

——いや、やはり神谷伊兵衛であろう。

だとすれば、と葛西下野守は思い、うなだれた。深い後悔しかない。

——やはり大金を与えるのではなく、神谷伊兵衛の口封じをしておけばよかったのだ……。

起き上がり、葛西下野守は手を打った。すぐに近臣がやってきて襖を開けた。

「御用でございましょうか」

「神谷伊兵衛の行方はわかったか」

「わかりましてございます」

「どこにいた」

「池之端七軒町でございます。猪野口熊五郎なる偽名で暮らしておりました」

「それは不忍池のそばの町だな」

そんなところにいたのか、と葛西下野守は思った。千代田城に意外に近いところで暮らしていたのだ。

「今もそこで暮らしているのだな」

「いえ、それが……」

近臣が言葉を途切れさせた。

「どうした」

「神谷伊兵衛ですが、どうやら殺されたようなのです」

「なに」

「顔を潰された死骸が見つかったらしいのですが、それが神谷伊兵衛のようなのです」

「誰が神谷伊兵衛を殺したのだ」

「調べてみたのですが、わかりませぬ。町奉行所のほうでも下手人は挙がっていないようでございます」

――どうせ、わしを襲った槍の遣い手であろう……。

あの刺客はきっと、仲林左衛門尉がどうして乱心したのか、いろいろと調べ回り、ついに神谷伊兵衛に行き着いたにちがいない。それですべてを聞き出し、凶行を続けているのであろう。

——それにしても、わしを助けてくれた者は誰なのか。

葛西下野守は、礼をしたい、と思った。

——もしあの者が駆けつけていなかったら、わしは死んでおった。

それは疑いようのない事実である。

八

まさかしくじるとは、夢にも思っていなかった。

あの覆面の侍は、いったい何者なのか。やつが邪魔しなければ、確実に葛西下野守を討てていた。

くそう、と思いつつ庫兵衛は道を歩いた。

庫兵衛は深川東平野《ふかがわひがしひらの》町《ちょう》にある隠れ家《が》に戻った。なんども後ろを振り返りながら歩いてきたが、つけてきている者の姿などどこにも見えなかった。

三和土に入って心張《しんば》り棒を支《か》い、部屋に落ち着いた。腕枕をして目を閉じる。主君の仲林左衛門尉満春の顔が浮かんできた。

——殿、申し訳ありませぬ。

一年前のあの朝、なんとしても仲林左衛門尉の出仕を止めていれば、と庫兵衛は何度も後悔した。

薬を盛られたかもしれぬ、と預け先の稲生筑前守の上屋敷で最後に会ったとき、主君はいったのである。

誰に盛られたのですか。庫兵衛は驚いてきいたが、満春は、わからぬ、と答えた。

この気分の悪さはそのせいであろう。なんのうらみもない崎岡平太夫が、余に悪口雑言を浴びせてくる男に変わっていた。だから、こちらから絡んでいった。いま思えば、なにゆえあのような仕儀に至ったのか、わけがわからない。やはり、誰かが余の心を乱す薬を朝餉に盛ったにちがいないのだ。

いくら主君の言葉とはいえ、庫兵衛には、にわかには信じられなかった。

——いったい誰が、なんのためにそのような真似をせねばならぬのだ。

満春が腹を切って死に、仲林家が取り潰されたあと、主君のためだと思い、庫兵衛は薬の件の探索をはじめてみた。ろくに期待していなかった。暇を持て余していたというのもあった。

庫兵衛は満春の朝餉に薬を漏れそうな者を、片端から調べていったのだ。そうしたら、つい最近、毒味役の神谷伊兵衛が豪勢な暮らしをしているのが知れたのだ。偶然、池之端七軒町の一膳飯屋で食事をしているときに、伊兵衛が入ってきた。驚いたことに、猪野口熊五郎と名を変えていた。そのとき庫兵衛は奥の小上がりで食事をしており、伊兵衛に顔は見られなかった。

——変名を使って生きているとは、やつなのではないか。

毒味役をつとめていた伊兵衛なら、薬を仕込むのは、朝飯前ではないか。

これはきっと殿の引き合わせであろう。

それでもまだ確信はなかったが、夜間、伊兵衛の住処のある池之端七軒町に赴いた。伊兵衛の暮らす豪勢な一軒家に忍び込んだ。

庫兵衛は、伊兵衛に猿ぐつわを嚙ませた上で、拷問すると脅した。

拷問と聞いて伊兵衛はおびえ、あっけなく吐いた。

満春に薬を盛り、乱心させて人を傷つけさせ、取り潰しに追い込む。

良質な檜が潤沢《じゅんたく》に取れる木坂を公儀の直轄地とし、岩志屋を通して木材を売り、その上がりの半分を老中の葛西下野守が懐に入れるという企みだった。

満春に毒を盛っただけでは、将軍への御目見《おめみ》えを済ませている二十一歳の嫡男元春《もとはる》が仲林家を継ぐだけである。

葛西下野守としては、なんとしても仲林家を取り潰しに追い込む必要があったのだ。

どうやら、満春が盛られたのは薬草の一種らしい。弟切草《おとぎりそう》ではないかと伊兵衛はいっていた。

弟切草は不安や焦り、たかぶりを引き起こし、人を錯乱させる効験《こうけん》があるらしい。

謀《はかりごと》の全容が知れ、庫兵衛は伊兵衛を槍で刺し殺した。ときを稼ぐために伊兵衛の顔を潰し、自分で外出したように見せかけるために伊兵衛の腰に刀を帯びさせた上で死骸を背負って池之端七軒町の家を出、本郷一丁目の路地に捨てたのだ。

できるだけ長く伊兵衛の身元が知れないほうが、都合がよかった。別の場所に死骸を捨てたのも、そのためである。

復讐の鬼と化した庫兵衛はすぐに次の行動に移った。

木場町にある岩志屋の木材を燃やし、葛西下野守が財を蓄えているといわれる下屋敷にも火を放った。

その上で二人の命を狙った。資右衛門と右腕といわれていた番頭の次郎八は首尾よく殺せたが、葛西下野守は殺せなかった。

——あの邪魔をした者は、いったい何者なのか。すごい遣い手だったが……。

酒を飲みたい気分だ。だが、この家には酒は置いていない。

あるのは付け火用の油が入っていた一升徳利だけである。

おや、と庫兵衛は思った。誰かが戸を叩いているのに気づいたのだ。

——誰だ。

この家を訪ねてくる者など、一人もいないはずだ。

——いったい誰が来たというのか……。

また戸を叩く音が聞こえた。風のいたずらではない。

槍を手に廊下を進んだ庫兵衛は、裸足で三和土に下りた。外の気配を嗅ぐ。

誰かいるようには感じられない。だが、何者かが戸を叩いていた。それはまちがいない。

「誰だ」

庫兵衛は戸越しに誰何《すいか》した。

「俺だ」

低い男の声が返ってきた。むっ、と庫兵衛は眉根を寄せた。

「だから誰だ」

「だから俺だ」

「名乗れ」

「湯瀬直之進だ」

「湯瀬直之進だと」

知らぬ名だ。

「どこの者だ」

「どこでもよかろう」

「なんの用だ」

「おぬしを殺しに来た」

なに、と思い、庫兵衛は眉根を寄せた。

「俺はきさまの邪魔をした者だ」

庫兵衛は戸を開けた。

一人の侍が立っていた。
庫兵衛は目を大きく見開いた。
――先ほど俺の邪魔をした男だ。
覆面をしていなかったが、まちがいなかった。恰幅が同じなのだ。
――なにゆえこやつはここにおるのだ。くそう、つけられたか……。
迂闊だった。目の前に立つ男をじっと見て、庫兵衛はほぞをかむしかなかった。
「すべてわかっている」
男が庫兵衛にいった。庫兵衛はなにもいわず、ただ目を鋭くしただけだ。

九

老中葛西下野守の命を助けることになったのは、直之進の腹の中に激しい怒りが渦巻いていたためだった。
直之進が、無二のものと思っている秀士館が燃やされたのだ。腹が煮えないわけがなかった。

直之進にとって秀士館以上に大事なものは、おきくと直太郎しかいない。

もちろん、富士太郎や珠吉、琢ノ介に佐之助もかけがえのない者たちだが、とにかく直之進は、秀士館を燃やした下手人を許せなかった。

だから、あの槍の遣い手の目論見《もくろみ》を邪魔したのだ。葛西下野守の命を救おうという気持ちなど、ほとんどなかった。

葛西家の下屋敷に火を放ったあの侍には、むろん大火事にしてやろうなどという意図はなかったにちがいない。

むしろその逆で、大火には決してしたくなかったのではあるまいか。

だからといって、男のしたことは許せる所業ではなかった。火を放っただけで、直之進は男に対し、容赦《ようしゃ》する気は一切なかった。

秀士館だけでなく、二千戸もの家が燃え、百人近い町人が命を失ったのだ。そうなるかもしれないのは、火を放つ前に予測がついたはずである。

——決して許さぬ。

覆面を剝《は》ぐや、直之進は葛西下野守を襲った槍の遣い手のあとをつけていった。

男は、直之進につけられていることに気づいていない。

半刻近く歩き続けた男は、やがて一軒の家に入っていった。

ここは、と思い、直之進はあたりを見回した。おそらく深川東平野町であろう。

近くに見えている大寺は、浄心寺《じょうしんじ》ではないか。前におきくと一緒に深川に来たときに前を通りかかり、門の扁額《へんがく》を見た覚えがある。

——深川にひそんでおったのか。

背後にある大きな武家屋敷の塀と壁が接するように一軒家は建っていた。

——この町なら、木場町は目と鼻の先だ。やつはこの家にひそみ、岩志屋の動きを見張っていたのだな……。

だから寄合に行こうとしていた岩志屋主従のあとをつけ、さらに先回りをすることもできたのだろう。

静かに戸口に近づき、直之進はどんどんと戸を叩いた。

男が戸口に近寄ってきたが、戸を開けようとはしなかった。直之進は戸越しに、男と会話をかわした。

そののちに男が戸を開けた。槍を手にしていた。

「すべてわかっているのだ」

静かな声で直之進は男に告げた。男が、むっと眉根を寄せた。

「おとなしく縛《ばく》に就けば、きさまを殺しはせぬ。裁きを受けさせてやる」

「その気持ちはありがたいが、いま捕まるわけにはいかぬのだ」

「葛西下野守を殺し損ねたからか」

「そうだ。殿の無念を晴らすのには、葛西下野守を亡き者にせねばならぬ」

「だが、きさまはこうして俺に見つかった。もはやその望みは、うつつのものにはならぬのだぞ」

「いや、必ずうつつのものにしてみせる」

強い決意を感じさせる声で男がいった。

「無理だ」

「できる。うぬを殺せばよい」

「それも無理なのはわかっておろう。きさまは確かに強い。だが、俺の前では赤子も同然でしかない」

「先ほどは油断したのだ。まともに戦えば、勝つのは俺だ」

「本気で思っているのか」

「当たり前だ」

「愚かな男だ」

「うるさい」

直之進をにらみつけて、男が怒号《どごう》した。

「こっちへ来い」

男にいざなわれた。

「ここならよかろう。戦うのに恰好の場所だ」

驚いたことに、男が足を止めたのは田であった。

埋め立て地であるはずの深川に、このようなところがあるとは、直之進は夢にも思っていなかった。

真冬の田には、短い草だけが一面に生えていた。

すでに暮れ六つを過ぎ、あたりは暗くなっている。

そばを通りかかる者はほとんどいない。静寂が狭い田を包み込んでいた。

風は相変わらず冷たい。寒い。おきくと直太郎の顔が脳裏に浮かんできた。

二人に会いたいな、と直之進は思った。

「よし、やるか」

宣するようにいって男が槍を構えた。

「まことにやる気か」

男をじっと見て直之進は確かめた。

「当たり前だ」

吼《ほ》えるように男が答えた。

「ならば、きさまを殺すが、構わぬな」

「死ぬのはきさまだ」

「きさまの気持ちはよくわかった。戦う前に名を聞いておこう」

「近田庫兵衛だ」

「近田庫兵衛か。覚えた」

直之進がいった瞬間、きえー、と百舌《もず》のような気合を発し、庫兵衛が突っ込んできた。直之進を間合に入れるや、一気に槍を突き出してきた。

——いうだけあって、なかなかやる。

直之進は刀を振り、軽々と槍を打ち払った。すぐさま槍をしごき、庫兵衛が槍を伸ばしてきた。

目にもとまらぬ速さだが、これまで何度も修羅場を踏んできている直之進には、大した速さに見えなかった。

――かわせみ屋の庄之助《しょうのすけ》とは比べものにならぬ。あの男の斬撃のほうが遥かに速い。

直之進が、唯一敗戦を喫した相手である。もっとも、その最強の庄之助もこの世にいない。とうに鬼籍《きせき》に入《い》っている。佐之助と力を合わせて倒したのだ。

きえー、とまた気合を発して庫兵衛が槍を突き出す。と見せかけて、横にぶうんと旋回させた。

槍は叩く物と戦国の昔はいわれていたらしいが、そのすさまじいまでの槍の勢いには、それを彷彿《ほうふつ》させるものがあった。

直之進は刀で槍の柄を打った。槍の柄ががくんと落ち、穂先が地面をはたいた。

「おのれっ」

叫んで庫兵衛が槍を振り上げてきた。今度は直之進の顔を打とうとしていた。

直之進は後ろに下がってそれをかわした。すぐさま踏み込み、庫兵衛に上段からの斬撃を浴びせた。

槍をしごきつつ後ろに下がり、庫兵衛が直之進の刀を避けようとした。

直之進の刀はさらに一伸びした。切っ先が庫兵衛の左腕に届いた。ずん、と音がし、手首から血が噴き出した。

「あっ」

左手は槍の柄を握っているが、すでに切断されていた。左手は柄についている
に過ぎなかった。

「勝負はついたぞ」

直之進はいったが、庫兵衛は聞き入れようとしない。

「うおー」

吼えるや、右手一本で槍を振り回しはじめた。だが、もはや直之進から見れば
隙だらけでしかなかった。

「もうよかろう」

庫兵衛が哀れでならず、直之進は戦いをやめさせようとした。

「うるさい」

右手一本で庫兵衛がなおも攻撃してくる。左手からは血が流れ続けている。

——楽にしてやろう。

直之進は、もう庫兵衛に対する怒りを抱いていなかった。この男も、主君のた
めに一所懸命がんばったのであろう。

ぶうん、と庫兵衛が槍を上から叩きつけてきた。直之進は深く踏み込み、刀を逆胴に振っていった。

ぶつ、とかすかな音が立った。直之進は素早く元の位置に戻り、刀を正眼に構えた。

かたまったように庫兵衛が動きを止めていた。右手から槍がこぼれる。地面に落ち、からんと乾いた音を立てた。

庫兵衛の着物が横に切れている。腹から流れ出した血が、着物をぐっしょりと濡らしつつあった。

みるみるうちに色が変わっていく着物を見て、庫兵衛が不思議そうな顔になった。

「俺は斬られたのか」

「そうだ。楽にしてやった」

「楽にか。俺は礼をいわねばならぬのか」

「別にいらぬさ」

「そうか」

力尽きたように庫兵衛が目を閉じた。同時に膝が割れ、体勢が崩れた。どうという音が立ち、田がわずかに揺れた。

庫兵衛はうつ伏せに横たわった。右手を伸ばし、苦しげに身もだえている。

やがて、庫兵衛はぴくりとも動かなくなった。身じろぎ一つしない。ついに息絶えたのである。

——田を血で汚してしまったな。

そのことが直之進には申し訳なくてならなかった。庫兵衛に同情はなかった。

夜の帳《とばり》が下りていた。

——富士太郎さんのところに行かねばならぬな。

顚末を告げなければならなかった。さすがに疲れを覚えていたが、刀を鞘に納めた直之進は冷たい風に負けないようにずんずんと道を歩いた。

富士太郎の屋敷に着いた途端、なにやら喧噪に包まれた。

ちょうど、智代のお産の真っ最中だった。なんと。直之進は驚くしかなかった。

樺山屋敷からお産の知らせをもらったらしく、珠吉夫婦が来ていた。琢ノ介夫婦もいる。

「難産なのか」

直之進は、隣の間に控えている琢ノ介にささやくようにきいた。

「うむ、だいぶときがかかっている」

琢ノ介も妻のおあきも、心配そうな顔をしている。

珠吉夫婦も案じ顔である。富士太郎は泣きそうな表情になっていた。

だがそれから一刻後、すべての者を笑顔にする瞬間がついにやってきた。赤子の泣き声が響き渡り、直之進の耳を打ったのだ。

――生まれたか。

産婆らしい女ががらりと戸を開けた。小さな赤子を抱いている。

「男の子ですよ」

うれしそうな笑みを浮かべて産婆らしい女がいった。

珠吉が赤子をじっと見る。破顔した。

「これはまた立派な一物を持っていますねえ」

珠吉は感極まったような顔をしている。

「これは女を泣かすねえ」

「おいらの子だよ。女房一途《いちず》に決まっているじゃないか」

誰もが大喜びで、樺山屋敷は祭りのような騒ぎになった。実際、直之進自身、花火でも打ち上げたい気分である。

だが、それに水を差すものがあった。またしても地鳴りがしたのだ。

おっ、と直之進は思い、瞠目した。

――これまでとはちがうのではないか。

なぜか、そんな気がした。

屋敷が激しく揺れはじめた。これまで一度も味わったことのない揺れである。

「家が潰れるぞ」

直之進は叫ぶようにいった。皆であわてて外に出た。

産所とされた部屋にいた智代は、富士太郎と直之進、琢ノ介の三人で運んだ。

難産だった割に、智代は元気だった。

その様子を見て、直之進は少しだけ安堵した。外に出た今も揺れは続いている。わずかに揺れが弱まってきているようだ。

「あっ」

声を上げ、琢ノ介が呆然として西の空を見つめている。

つられるように、直之進も目を向けた。

西の空が真っ赤に染まっていた。また火事なのか、と直之進は思ったが、そうではなかった。

「富士山が火を噴いている……」

富士太郎が愕然としていった。

「あれは富士山なのか……」

まさか自分が生きている最中に、富士山が噴火するとは、直之進は夢にも思わなかった。

——沼里《ぬまざと》はどうなってしまうのか。

故郷のことが直之進の脳裏をよぎった。

とりあえず足高山《あしたかやま》があるから、富士山からの溶岩流が沼里に押し寄せる恐れはないが、富士山に近い分、心配だった。

——母上……。

沼里で暮らしている母のことが、直之進は案じられてならなかった。

飛んで戻りたい気持ちに駆られたが、いまはどうすることもできなかった。

この作品は双葉文庫のために書き下ろされました。

双葉文庫

す-08-45

口入屋用心棒《くちいれやようじんぼう》
火付《ひつ》けの槍《やり》

2019年7月14日　第1刷発行

【著者】
鈴木英治《すずきえいじ》

【発行者】
箕浦克史
【発行所】
株式会社双葉社
〒162-8540 東京都新宿区東五軒町3番28号
［電話］03-5261-4818(営業)　03-5261-4833(編集)
www.futabasha.co.jp
(双葉社の書籍・コミックが買えます)
【印刷所】
株式会社新藤慶昌堂
【製本所】
株式会社若林製本工場

【表紙・扉絵】南伸坊
【フォーマット・デザイン】日下潤一
【フォーマットデジタル印字】飯塚隆士

ISBN978-4-575-66951-0 C0193
Printed in Japan